전능의 팔찌

THE OMNIPOTENT BRACELET

김현석 현대 판타지 소설
FUSION FANTASTIC STORY

전능의 팔찌 19

김현석 현대 판타지 소설

초판 1쇄 찍은 날 § 2013년 2월 6일
초판 1쇄 펴낸 날 § 2013년 2월 13일

지은이 § 김현석
펴낸이 § 서경석

편집부장 § 권태완
편집책임 § 박우진

펴낸곳 § 도서출판 청어람
등록번호 § 제1081-1-89호
등록일자 § 1999. 5. 31
어람번호 § 제1-1541호

주소 § 경기도 부천시 원미구 심곡2동 163-2 서경B/D 3F (우) 420-822
전화 § 032-656-4452 팩스 § 032-656-4453
http://www.chungeoram.com
E-mail § E-mail § chungeorambook@daum.net

ISBN 978-89-251-3174-0 04810
ISBN 978-89-251-2596-1 (세트)

신능의 팔찌

THE OMNIPOTENT BRACELET

19

FUSION FANTASTIC STORY

김현석 현대 판타지 소설

청어람

CONTENTS

Chapter 01 결혼을 허락해 주십시오 7

Chapter 02 저, 마법사예요 31

Chapter 03 너무 엄청난 선물입니다 57

Chapter 04 식인 선인장 재배법 83

Chapter 05 진짜 결혼해요? 109

Chapter 06 옆에만 있어도 대박! 135

Chapter 07 가을비 실드 아래에서 161

Chapter 08 파고라 아래에서 187

Chapter 09 헤르시온의 설계도 213

Chapter 10 카트린느를 찾으려다 237

Chapter 11 드래곤과 싸우다! 261

Chapter 12 니들이 감히 나를 막아? 285

CHAPTER 01
결혼을 허락해 주십시오

안숙희 여사는 홀짝홀짝 마셨던 술이 완전히 깼는지 잔뜩 긴장된 표정을 짓는다.

누워 있는 권철현 고검장 역시 굳은 표정이다.

"그, 그런데 어떻게 치료를 하려고 하는 거죠?"

아직 발병된 것은 아니지만 남편은 조만간 당뇨병, 간경화, 동맥경화, 뇌졸중 등의 위험에 노출된다고 했다.

이 밖에도 관절염과 류머티즘까지 우려된다.

순환기와 관련되어 있고, 나이를 먹어감에 따라 자연스레 진행되는 퇴행성 질환도 있다.

이들 병의 공통점은 완치가 어려울 뿐만 아니라 수술로도 어쩔 수 없는 경우가 대부분이다.

대체 어떤 방법으로 치료를 하겠다는 건지 알 수 없지만 현수는 현재 맨손이다. 침이라도 들었다면 한방 쪽 치료가 진행될 것이라는 생각을 하겠는데 아무것도 없다.

그런데 누우라고 하니 의아하여 물은 것이다.

"두 분께 드릴 말씀이 있습니다. 그리고 지금부터 보시는 것은 절대 외부에 알려져선 안 될 일입니다."

"……?"

"아공간 오픈!"

이 말은 아르센 대륙 공용어이다.

현수가 한 말이 대체 어느 나라 말일까 가늠하려던 권 고검장이 당혹성을 터뜨린다. 아무것도 없는 허공에서 삼각 플라스크 하나가 불쑥 솟아난 때문이다.

"헉!"

뽕―!

코르크 마개를 뽑아내니 경쾌한 소리가 들린다.

현수는 권 고검장의 등 뒤로 손을 넣어 상체를 살짝 들어 올렸다.

"일단 이거 먼저 복용하십시오."

"이, 이걸 먹으라고?"

"네. 몸에 이로운 것이니 마음 푹 놓고 드셔도 됩니다."

"아, 알겠네."

뭔지 알 수는 없다. 하지만 풍기는 냄새로 미루어 짐작컨대 그리 나쁜 것 같지는 않다.

오히려 심신이 상쾌해지는 기분이다.

플라스크의 주둥이를 입에 대니 푸른 빛깔의 액체가 권 고검장의 목구멍 너머로 조금씩 흘러든다.

발병 상태가 아니기에 처음엔 반병만 복용시키려 했다. 하지만 이내 생각을 바꿨다.

이제 곧 장인이 될 사람이다. 당연히 건강해야 한다. 그렇기에 플라스크가 완전히 비도록 복용시켰다.

"자아, 이제 다시 눕습니다."

"알겠네."

정체를 알 수 없는 액체가 식도를 타고 흘러드는 순간 늘 더부룩하던 뱃속이 편해지는 느낌을 받았다.

그렇기에 시키는 대로 편안한 자세로 누웠다.

현수는 허리띠를 풀어내고 상의를 약간 들춰 올렸다. 통통한 뱃살이 드러난다. 전형적인 복부 비만 상태이다.

안 여사는 대체 어떤 상황인지 알 수 없어 보고만 있다.

"장인어른, 저는 지금부터 마법으로 장인어른의 몸 상태를 회복시킬 겁니다. 그러니 어떤 일이 일어나더라도 되도록 움직이지 마십시오."

"마, 마법? 자네 방금 내게 마법이라 했나? 21세기에······."

21세기에 대체 무슨 말도 안 되는 망발이냐는 말을 할 틈도 없었다. 현수가 나직이 중얼거린 때문이다.

"마나여, 모든 장기와 세포를 원상으로 되돌려라! 리커버리!"

샤르르르르르릉—!

서늘한 푸른빛 마나가 권철현 고검장의 아랫배를 통해 체내로 스며든다. 물론 이 빛은 현수의 눈에만 보인다.

리커버리 마법이 구현되는 순간 권 고검장은 아주 아늑한 보금자리에 누운 기분이 들었다. 그러면서 점차 생기로 가득 차는 느낌이다. 하여 말없이 눈을 감았다.

안 여사는 긴장된 눈빛으로 남편의 아랫배에 닿아 있는 현수의 손만 바라보고 있다.

잠시 시간이 흘렀다. 실내는 벽시계의 초침 소리가 들릴 정도로 고요했다.

째깍! 째깍! 째깍! 째깍!

"흐으으음!"

현수는 일부러 작게 침음을 내며 손을 떼고 옷을 여며주었다. 마법이 쉬운 것이 아님을 알아야 하기 때문이다.

권 고검장은 나른하면서도 편안한 기분에 눈을 감은 상태이다. 반면 안 여사는 '대체 이게 무슨 일이람?' 하는 표정이다.

"마나여, 광휘를 밝혀라. 라이트!"

현수의 말이 끝나기가 무섭게 주먹만 한 광원이 환한 빛을 뿜어낸다. 그 순간 안 여사의 눈이 휘둥그레진다.

아무것도 없던 허공에 갑자기 둥둥 떠 있는 광원을 보았으니 어찌 안 그렇겠는가!

현수는 광원을 이동시키며 권 고검장의 신체를 샅샅이 훑어보는 척했다. 안 그러면 조금 전 보여주었던 리커버리 마법을 전혀 믿지 못할 것이기 때문이다.

다시 말해 일부러 보여주는 것이다.

잠시 후, 맥문을 쥔 채 상태를 체크했다. 회복 포션과 리커버리 연합군은 늘 그렇듯 성실히 임무 수행 중이다.

10% 이하로 떨어져 있던 췌장의 기능부터 살폈다.

마나의 보고에 의하면 현재는 25% 상태로 회복되었으며 조금씩 그 수치가 오르는 중이라고 한다.

간도 살펴보았다. 간염은 치료되고 있고, 지방간도 원래의 상태로 되돌아가는 중이다.

상체 비만과 운동 부족으로 삐거덕거리던 무릎은 관절염으로부터 해방되는 중이다. 오른손에서 진행 중이던 류머티즘 역시 항복 깃발을 들고 물러나고 있다.

현수는 편안한 자세로 누워 있는 고검장을 그대로 둔 채 시선을 돌렸다.

"장모님, 놀라셨죠?"

"그, 그래요. 조금 전에 그건 뭐죠?"

사위로 맞아들이기로 했지만 아직은 서먹한지 말을 놓지 못하는 안 여사이다.

현수는 빙그레 웃으며 입을 열었다.

"지금껏 비밀로 해서 죄송합니다. 사실 전 마법사입니다."

"네? 마법사요? 설마 진짜인가요?"

조금 전에 본 게 있기에 뻥이라는 말은 하지 않는다.

"우연한 기회에 영국의 건국왕인 아더를 보필하던 멀린이란 마법사의 유품을 얻게 되었습니다."

"……!"

안 여사는 꼬치꼬치 캐묻지 않는다. 하여 말을 이어갔다.

"그것을 통해 마법을 익혔지요. 많은 마법을 알지만 그중에서도 치료 마법을 가장 잘합니다."

"그걸로 아버지를 치료해 준 건가요?"

"맞습니다. 장모님의 경우는 나쁜 기억을 지워 드린 겁니다."

"……!"

"장인어른의 몸 상태는 차츰 나아질 겁니다. 조금 전에 말씀드렸던 질병들과는 당분간 안녕입니다."

"당뇨, 고혈압, 고지혈증, 간염, 간경화, 관절염, 류머티즘, 이런 것들이 다 치료된다고요?"

"아마 거의 모두 완치 수준이 될 겁니다. 그리고 장인어른의 몸은 조금씩 젊어질 겁니다. 할아버님이 젊어지신 것처럼 말이지요."

"세상에!"

"……!"

안 여사가 나직한 탄성을 낸 반면 누워 있던 고검장은 아무런 소리도 내지 않았다.

혹시 방금 전의 치료 행위가 꽝이 될까 싶었던 때문이다.

"제가 알기로 지구의 마법사는 저 혼자입니다. 그러니 비밀은 지켜주십시오."

"그럼요. 그렇게요. 걱정 마요."

안 여사는 열심히 고개를 끄덕인다.

"장인어른, 이제 일어나서도 됩니다. 말씀을 하셔도 되고요."

"…고맙네. 정말 몸이 편해진 것 같아."

"당연히 그래야죠. 조금 전에 복용하는 액체는 회복 포션이라 하는 것으로, 그거 한 병이면 어떠한 말기 암이라도 단번에 치료할 수 있습니다."

"말기 암을 치료해?"

"그리고 제가 구현한 리커버리 마법은 장인어른의 모든 세포를 젊은 시절로 되돌려 보내는 효능이 있습니다."

"젊은 시절로?"

"네. 장인어른은 별다른 질병이 없으셨으니 최소한 20년은 젊어지실 겁니다."

"허어, 20년이나?"

권 고검장은 올해 나이 56세이다. 20년이 젊어진다 하면 36세 때의 몸이 된다는 뜻이다.

이마의 굵은 주름과 입가의 팔자주름 등은 별다른 노력을 하지 않더라도 서서히 펴질 것이다.

이런 주름은 크게 나눠 두 가지 이유로 생성된다.

첫째는 노화 때문이다.

나이가 들면 피부 진피 내의 탄력성을 유지하는 콜라겐[1]과 엘라스틴[2]의 합성이 감소되기 시작한다.

그 결과 주름이 발생되는 것이다.

또한 노화되는 세포의 수는 늘어나지만 새로운 세포의 생성을 돕는 회복 능력이 떨어지기 때문이기도 하다.

둘째는 외부적 요인이다.

자외선, 음주와 흡연, 무리한 다이어트, 건조한 환경 때문

---

1) 콜라겐(Collagen):피부, 혈관, 뼈, 치아, 근육 등 모든 결합조직의 주된 단백질.
2) 엘라스틴(Elastin):콜라겐과 함께 결합조직에 존재하고, 고무 탄력성과 같은 신축성이 있는 단백질이며, 조직의 유연성, 신축성에 관여하고 있다.

에 주름이 발생될 수 있다.

어쨌거나 회복 포션과 리커버리 마법은 세포의 탄력성을 유지하는 기능을 원상으로 되돌린다. 그렇기에 주름이 사라지는 것이다. 물론 서서히 사라진다.

권 고검장은 젊어진다는 말에 상당히 고무된 듯 눈빛을 반짝인다. 요즘 들어 몸이 예전 같지 않았다. 근력은 떨어지고 몸은 점점 무거워지는 게 마음에 걸렸다.

그런데 팔팔했던 젊은 시절로 되돌아간다니 상기되는 듯하다. 곁에 있던 안 여사 역시 눈빛을 빛내고 있다.

어찌 속내를 모르겠는가!

"장모님도 여기 누우시겠습니까?"

"그, 그거, 그냥 써도 되는 거예요?"

"아뇨. 당연히 아니죠. 회복 포션은 이제 몇 병 남지 않았습니다. 하지만 장모님께는 드려야죠. 자, 이쪽으로 누우세요."

"그, 그럼 그럴까요?"

안 여사는 젊어진다는 말에 체면을 버린 듯 얼른 눕는다.

"아이구, 이 사람도 참, 사위 앞에서……."

"치, 당신만 젊어지면 난 어쩌라구요? 당신만 청년 시절로 되돌아가고 난 이대로 할망구가 되라고요?"

"후후!"

가벼운 부부싸움은 구경하는 재미가 있다. 현수는 나직한 웃음을 지었다.

"쳇! 못됐어요. 자기만 젊어지려고. 김 서방, 나도 젊어지게 해줘요."

"하하! 네, 장모님!"

현수가 안 여사의 맥문을 쥐자 뭐라 한마디 하려던 장인이 입을 다문다.

"마나여, 체내의 상태를 조사하라! 마나 디텍션!"

이번에도 아르센 대륙 공용어이다. 마법사임을 드러냈기에 그럴듯하게 보이려는 의도이다.

아무튼 마나는 안 여사의 체내를 샅샅이 훑기 시작했다.

"흐으음! 신장 기능이 많이 떨어졌네요. 자궁엔 근종이 있는 것 같습니다. 소화 기능도 약해요. 대장에도 용종이 있다네요. 그리고……."

현수는 중계하듯 마나의 보고를 읊조렸다.

나이가 있다 보니 안 여사 역시 조금씩 신체 기능을 잃고 있는 중이다. 폐경 이후 시력이 저하되었다. 시시때때로 안면 홍조 증상이 나타났으며, 치아가 급격히 나빠지는 중이다.

뿐만 아니라 골다공증이 진행되고 있다.

이밖에 척추 디스크에 문제가 발생되어 있다. 이 정도면 허리가 아파 꼼짝도 못하는 날이 있었음이 분명하다.

안 여사는 맥문만 짚고도 모든 증상을 낱낱이 이야기하는 현수의 말에 연신 고개를 끄덕였다.

마치 용한 점쟁이를 만난 아낙네의 모습과 같다.

"자아, 이제 일어나셔서 회복 포션을 드십시오."

아공간에서 또 하나의 삼각 플라스크를 꺼내는 모습을 본 권 고검장은 화들짝 놀라는 표정이다.

아까는 제대로 못 보았던 때문이다.

꿀꺽꿀꺽—!

한 병의 회복 포션을 모두 복용한 안 여사는 알아서 다시 눕는다. 현수는 피식 실소를 짓고는 복부 가까이 손을 가져 갔다.

옷 속으로 손을 넣을 수는 없기 때문이다.

"마나여, 모든 기능을 원상으로 회복시켜라! 리커버리!"

샤르르르르룽—!

서늘한 푸른빛 마나가 안 여사의 체내로 스며든다.

현수는 이번에도 아르센 대륙 공용어로 마법을 구현시켰다. 영어나 불어에 비해 훨씬 더 중후한 느낌을 주는 언어이다.

권철현 고검장은 현수의 입에서 흘러나오는 말이 틀림없이 마법사들만 쓰는 언어라 생각했다.

영어, 불어, 독일어, 스페인어, 지나어, 러시아어, 일본어를 모두 조금씩 구사할 수 있다. 그런데 이 모든 언어에 없는 말이기에 이런 생각을 한 것이다.

잠시 시간이 흘렀다.

맥문을 짚어 상태를 파악한 현수가 입을 열었다.

"누워 계시면서 듣기만 하세요. 장모님 역시 20년 정도 젊어진 신체를 갖게 되실 겁니다. 두 분 모두 적당한 운동을 통해 그걸 잃지 않도록 노력하십시오."

"그러겠네."

"……!"

이번엔 안 여시가 대답하지 않는다. 혹시라도 야기운이 빠질까 싶어 그러는 모양이다. 그러거나 말거나 현수의 말은 이어졌다.

"오늘 복용하신 회복 포션은 다시 복용하셔도 같은 결과를 내지 못합니다. 다시 말해 이번만 젊음을 되찾으시는 겁니다."

"으으음!"

"……!"

권 고검장은 그럴 것이라 생각하고 고개를 끄덕인다. 만일 마실 때마다 20년씩 몸이 젊어진다면 누가 늙어서 죽겠는가!

"어린 제가 어른이신 두 분께 이런 말씀 드리는 건 뭐하지만, 혹시 부작용이 생길까 싶어 한 말씀 드리자면 젊음을 과도하게 소비하지 마시라는 겁니다."

"……?"

젊음을 찾았다고 과도한 밤일은 하지 말라는 뜻이다.

이것을 조금 돌려 말했는데 머리 좋은 권 고검장도 무슨 뜻인지 못 알아들은 모양이다.

"아무튼 조금 있다가 제가 두 분께 드리는 말씀을 들으시면 무슨 뜻인지 이해하실 겁니다. 자, 이제 일어나셔도 됩니다."

"고마워요."

"아닙니다. 두 분은 이제 제 부모님과 마찬가지입니다. 자식으로서 당연히 할 일을 한 겁니다. 그러니 마음 쓰지 마세요."

"고맙네. 자네 덕을 아주 톡톡히 보는군."

"그렇게 생각해 주시니 고맙습니다. 그리고 이 자리를 빌려 두 분께 드릴 말씀이 있습니다."

"뭔가? 말해보게."

무엇을 원하든 기꺼이 주겠다는 마음으로 한 말이다. 안 여사 역시 같은 심정이기에 얼른 고개를 끄덕여 동의한다.

"아까도 말씀드렸지만 우연한 기회에 마법을……."

현수는 그럴듯하게 이야길 풀어냈다.

마법을 배우는 과정에서 회복 포션을 제조하게 되었다. 그걸 많이 먹으면 좋을 것이라 생각하여 과하게 복용하였다.

그 결과 나이에 비해 젊은 얼굴은 얻었지만 부작용도 있었다. 너무 강한 정력이 그것이다.

지금은 수련으로 그 고통을 견뎌내고 있지만 이제 곧 결혼을 하게 된다. 문제는 지현이 평범한 사람이라는 것이다.

짐승처럼 매일 밤마다 달려들어 밤새 괴롭히게 될 것이 뻔하다. 그러면 기력이 쇠하여 시름시름 앓게 될 것이다.

정력이 세졌다는 말에 웃던 부부는 이 대목에선 안색을 굳힌다. 하나뿐인 딸이 과도한 방사로 인한 체력 소진으로 병을 앓게 된다는데 어찌 멀쩡하겠는가!

이쯤 해서 현수는 자신이 하려는 일에 대한 설명을 했다.

이실리프 무역과 드모비치 상사, 지르코프 상사에 관한 이야길 먼저 했다.

먼저 드모비치 상사이다.

매월 1억 불에 달하는 교역이 이루어지고 있으며, 그에 대한 이익이 1천만 달러 정도 된다고 했다. 물론 깜짝 놀란다.

천만 달러면 한화로 약 120억 원이기 때문이다.

지르코프 상사와도 교역이 개시될 터인데 그로 인한 이득은 드모비치 상사를 능가할 것이라 이야기했다.

둘은 침만 꿀꺽 삼킨다. 상상 이상의 수입이기 때문이다.

다음은 킨샤사와 아디스아바바에 있는 천지약품에 관한 이야기이다. 두 곳에서 벌어들이는 돈 역시 엄청나다고 하니 입을 딱 벌린다.

평생을 법원 공무원으로 살아온 고검장으로선 실감나지 않는 액수이다.

그다음은 이실리프 어패럴이다.

항온 티셔츠와 항온 재킷, 군복 납품 이야길 하니 고개를 끄덕인다. 항온 마법이 사용되었다는 말에 금방 납득한 것이다.

그다음은 대한약품 이야기이다.

다이어트 보조제 쉐리엔과 청향, 그리고 미라힐 I 과 미라힐 II 에 관한 이야길 했다. 이것 역시 금방 알아듣는다.

안 여사도 쉐리엔을 사려던 중이기 때문이다.

현수는 마지막 결정타를 먹였다.

비날리아 지역에 조성될 3,000㎢짜리 이실리프 농산과 반둔두 지역에 만들어질 1,500㎢짜리 이실리프 축산 & 농장에 관한 내용이다.

턱이 빠지도록 입을 벌린다.

두 지역에 조성되는 규모도 규모지만 조성될 때까지 들어갈 엄청난 돈과 다 만들어진 후 수확할 각종 산물의 양이 상상을 초월했기 때문이다.

"지금껏 말씀드린 대로 저는 서울과 킨샤사, 그리고 모스크바를 수시로 드나들며 살게 될 겁니다."

"그래, 그렇겠지."

권 고검장은 한 편의 활극 드라마를 보면서 긴장한 나머지 손에 땀을 쥐었다는 듯 바지에 닦아낸다.

"지현이와는 서울에서 결혼하겠습니다. 그리고 시간을 걸리겠지만 신혼집을 지을 생각입니다."

"그래, 그러게."

"두 분께는 지현이 하나뿐이니 저희와 같이 살아주십시오."

"아이고, 아닐세. 사돈어른도 계신데 어찌 우리가……. 그건 안 될 말이네."

"제가 생각하는 집은 평범한 것이 아닙니다. 조금 넉넉한 땅에 제 부모님께서 머무실 공간을 마련해 드리고 두 분과 할아버지께서 머무실 집을 지을 생각입니다."

"……!"

"물론 저희 부부가 머물 공간도 지을 겁니다. 그러니까 한 울타리에 같이 계셨으면 합니다. 그래야 딸을 잃었다는 느낌이 안 드실 테니까요."

"그, 그래도 되겠는가?"

안 여사가 조심스럽게 묻는다. 방금 현수의 제안을 찬성한다는 뜻이다.

"제가 서울을 떠나 있는 동안 지현이 혼자 있으면 안 되잖아요. 장인어른과 장모님이 곁에 계시면 지현이도 좋을 겁니다."

"그, 그야 그렇지."

고검장 역시 고개를 끄덕인다. 현수는 이제 두 사람 모두 자신의 페이스에 들어왔다 생각하여 미루었던 말을 꺼낸다.

"지현이와는 별도로 콩고민주공화국과 모스크바에서 머물러 줄 아내들을 맞을 생각입니다."

"뭐? 자네 지금 뭐라고 했나?"

잘못 들은 게 아니냐는 표정이다. 현수는 입술을 굳게 닫으며 고개를 끄덕였다.

"지현이와도 상의를 했습니다. 지현이 혼자서는 저를 감당해 낼 수 없습니다. 하여 두 여자를 더 거두기로 했습니다."

"……?"

"콩고민주공화국에 머물 사람은 천지그룹 이연서 회장님의 손녀입니다. 천지화학 이강혁 회장님의 따님 중 하나지요."

"천지그룹 회장님의 친손녀?"

"네, 회장님의 친손녀 맞습니다. 회장님께는 이미 말씀을 드렸고, 허락도 받았습니다. 하지만 비밀을 지켜주십시오."

"그, 그러지."

권 고검장과 안 여사는 상대가 너무나 쟁쟁하여 질린 표정이다. 서울 고등검찰청 청장이 대단한 자리이기는 하다.

하지만 대한민국을 쥐락펴락하는 재벌 그룹 회장에는 비할 바 못 된다. 그런 재벌 집에서 친손녀를 주었다는 것이다.

그래서 슬쩍 꿇리는 느낌을 받는 중이다.

"근데 이 회장님이 우리 지현이를 아는 거예요?"

안 여사의 물음이다.

"그렇습니다. 사실은 두 분 어른과 먼저 상의하려고 했습니다. 서울에서 결혼하는 신부는 지현 씨니까요."

"그, 그래요? 그런데요?"

"그런데 그분이 저를 너무 높이 평가하셨는지 자꾸 다른 손녀와 만나게 하려 하셨습니다. 하여 먼저 말씀드리고 허락을 받았습니다. 물론 지현 씨에 대한 이야기도 했습니다."

"그, 그래요?"

안 여사는 약간 떨떠름하지만 궁금한 게 있어 넘어갔다.

"그럼 나머지 한 여인은 누군가?"

"러시아 레드 마피아의 보스 알렉세이 이바노비치의 딸인 이리냐입니다. 쉐리엔 광고에 나오는 그 모델입니다."

"헐! 레드 마피아 보스의 딸이라니!"

천지그룹 회장도 대단한 인물이지만 레드 마피아의 보스는 그보다 더한 인물이다.

고검장은 레드 마피아의 보스가 얼마나 큰 영향력을 가졌는지 누구보다도 잘 안다. 그렇기에 나지막한 탄성을 냈다.

그러고 보니 다들 쟁쟁하다.

천지그룹 회장의 친손녀라고 하니 나중에 계열사 하나나 둘쯤은 뚝 떼어줄 것이다. 레드 마피아 보스의 딸을 아내로 맞이하면 이보다 더한 이권을 얻을 수 있을 것이다.

고검장인 자신은 사위에게 무엇을 해줄 수 있을까 하는 생각을 해보니 한심하다.

"끄으응!"

"장인어른, 그리고 장모님, 서울에서는 지현이와 결혼합니다. 우리나라는 일부일처제이기에 혼인신고는 지현이와 할 겁니다."

"그럼 두 아가씨는 어찌할 건가?"

"말씀 안 드렸습니다만 저는 콩고민주공화국과 러시아의 시민권자이기도 합니다."

"······!"

"각각의 나라에서 연희와 이리냐를 아내로 맞이하겠습니다."

"흐으음!"

권 고검장은 잠시 이맛살을 찌푸렸다.

'하긴, 어찌 공짜로 이만한 인물을 사위로 얻겠어?'

안 여사는 남편의 안색을 살피고 있었다.

'지현이만 좋다면 찬성할 거예요. 여보, 너무 괜찮은 사윗 감이잖아요. 안 그래요?'

부부가 각기 다른 생각을 할 때 현수의 말이 이어졌다.

"두 분, 제가 마음에 들지 않더라도 어여삐 여겨주십시오. 지현이가 섭섭해하지 않도록 최선을 다하겠습니다."

"휴우! 이제 와 어쩌겠나. 그래, 그렇게 하게."

고검장이 고개를 끄덕이자 안 여사가 거든다.

"대신 우리 지현이, 아껴줘야 해요."

"물론입니다. 정말 고맙습니다, 장인어른, 장모님."

현수는 얼른 일어나 넙죽 절을 했다.

"그나저나 지현이 이 계집애는 어딜 쏘다니기에 아직도 안 들어오죠? 여보, 전화 한번 해봐요."

"응? 그, 그래. 그러지."

고검장이 통화하기 위해 자리를 뜨자 안 여사가 정색한다.

"이봐요, 사위!"

"네, 장모님!"

"우리 지현일 마법으로 꾀인 건 아니죠?"

"그럼요! 그리고 사람의 마음이란 게 어디 마법으로 되 는 겁니까? 지현이와 저는 순수한 마음으로 서로 좋아했습 니다."

"그건 그렇고, 결혼식은 어떻게 할 거예요?"

"네? 그게 무슨 말씀이세요?"

"지현이 말고 두 아가씨와 더 결혼한다고 했잖아요."

"아, 그거요? 이번 크리스마스이브에 서울에서 결혼식을 하고 나면 곧장 콩고민주공화국으로 갈 겁니다."

"신혼여행을 그리로 가는 거예요?"

"아닙니다. 신혼여행은 스위스 융프라우에 있는 제가 아는 어떤 분의 별장으로 갈 겁니다."

"융프라우? 별장? 신혼여행을 별장으로 간다고요?"

경기도 양평에 많이 있는 그런 별장을 상상하는 모양이다.

"장모님, 컨테이너선사 세계 2위인 MSC사의 리앙리쥐 아폰테 사장이라는 분이 있습니다. 저는……."

현수의 설명이 이어졌다.

서울에서의 결혼식을 마치고 우미내 부모님과 권 고검장 부부, 그리고 천지그룹 이연서 회장 일행과 더불어 킨샤사로 날아간다.

이때 사용될 비행기는 아폰테 사장의 자가용 제트기이다.

킨샤사에는 레드 마피아의 보스 중 하나인 지르코프가 선사한 저택이 있다. 이 저택의 크기도 설명했다. 물론 입을 딱 벌리고 놀란다. 어마어마한 크기이기 때문이다.

이 저택에서 합동결혼식이 거행됨을 설명했다.

결혼식엔 리앙리쥐 아폰테 사장은 물론이고 컨테이너 선사

세계 3위인 CMA 오머런의 세바스티앙도 참석할 예정이다.

결혼식이 끝나면 아폰테 사장의 융프라우 별장으로 날아가 허니문을 보낼 것이라 이야기했다.

이 별장은 일반적인 별장이 아니라 일종의 힐링 센터이다.

아주 뛰어난 경관을 즐길 수 있는 곳에 위치해 있다.

이곳엔 호젓하게 즐길 스키 슬로프가 두 개나 있고, 온천이 솟기에 스파와 사우나도 있다. 뿐만 아니라 동반한 아이들을 위한 놀이 기구와 각종 오락 기구도 갖춰져 있다.

이밖에 승마를 즐길 수 있는 승마 코스가 있으며, 클레이 사격장 등 유흥을 위한 시설도 있다.

안 여사는 꿈결 같은 신혼여행일 거라며 놀라워했다. 하지만 실제 결혼식 날 더 크게 놀라게 된다.

CHAPTER 02

저, 마법사예요

　현수의 결혼을 축하하기 위해 콩고민주공화국에서는 대통령 조제프 카빌라, 내무장관 가에탄 카구지 및 킨샤사 경찰청장 후조토 쿠아레 등 정부 주요 인사들이 대거 참석한다.

　이 인원만 가뿐히 100명을 넘긴다. 물론 이들을 경호하기 위해 온 인력은 이보다 훨씬 더 많다.

　천지약품 소매점 사장들도 대거 참석한다. 다 오면 너무 인원이 많기에 대표로 약 500여 명이 온다.

　이뿐만이 아니다.

　안 여사를 기절 직전으로 몰고 갈 사람은 러시아의 대통령

블라디미르 푸틴과 메드베데프 총리다.

막강한 권력을 쥔 이 둘이 현수의 결혼을 축하하러 시간을 냈다는 사실에 전율할 것이다.

에티오피아에선 대통령 기르마 올데 기오르기스와 비서실장 비아니 아자한, 그리고 로마우 바이할 의무장관이 참석한다.

이밖에 레드 마피아의 모스크바 보스 알렉세이 이바노비치와 부하들, 그리고 지르코프 등이 참석한다.

딸의 결혼식에 대통령이 셋씩이나 오니 어찌 놀라지 않겠는가!

*   *   *

"다녀왔습니다."

"그래, 밥은 먹었니?"

"네, 먹고 들어왔습니다."

권철현 고검장 부부로부터 결혼을 승낙받은 현수는 우미내 집으로 왔다. 귀국하고도 지은 죄가 있어 이제야 온 것이다.

"지현인 조금 아까까지 있다가 갔다. 조금 일찍 오지."

"아! 그랬어요? 전화를 여러 번 했는데 안 돼서요."

"이구, 배터리가 다되었다고 그러더니 꺼놓은 모양이네."

"아, 네. 그랬군요. 아버지는요?"

"방에 계시다. 인사드려라."

"네, 어머니."

삐이꺽—!

"아버지, 저 왔습니다."

"오냐. 지현이 버렸으면 혼내주려고 했다. 그런데 해결이 잘된 모양이라 이번만 특별히 봐준다. 알겠니?"

"네, 어디 불편하신 덴 없으시죠?"

"너 때매 술을 많이 마셔서 그런지 속이 조금 더부룩하다."

아버지는 진짜 속이 불편한지 손으로 배를 쓰다듬고 있다.

"아버지, 이쪽으로 누워보세요."

"누워? 네가 뭘 안다고?"

"하여간 누워보세요. 제가 배운 게 좀 있어서요."

"그래? 끄응! 그럼 누워보자. 아까부터 속이 더부룩한데 영 불편하구나."

자리에 누운 아버지의 맥문을 쥔 현수는 마나 디텍션으로 상태를 살폈다.

'으응? 이건……!'

아버지도 나이가 있다 보니 장기들의 능력이 저하되어 있을 거란 생각은 했다. 그런데 그 정도가 아니다.

'헐! 이건 암이네. 흐음, 아직 완전히 번진 건 아니네.'

위암 중기쯤 되는 것으로 여겨진다. 그밖의 다른 장기들도 조금씩 나빠지는 중이다.

"아버지, 일어나서 이거 마셔보세요."

삼각 플라스크를 꺼내 회복 포션을 복용하게 했다.

"끄응! 속이 조금 편해지는구나. 이건 뭐냐?"

"아버지, 전에 제가 출장 가면서 위급한 상황이 되면 드시라고 어머니께 드렸는데 한 병도 안 마셔보신 거예요?"

"그래, 위급한 상황이 없었으니까."

"어머니도 안 드셨어요?"

"아마 그럴걸."

"끄으응!"

지금껏 부모님이 회복 포션을 드셨을 것이라 생각하기에 진맥해 볼 생각을 하지 않았던 것이다.

"자, 이제 다시 누워보세요."

"그래."

속이 조금씩 편해지는 느낌이기에 두말 않고 누우신다.

"마나여, 모든 기능을 정상으로 회복시켜라! 리커버리!"

일부러 들으라고 아르센 대륙어로 마법을 구현시켰다.

현수의 손끝을 타고 상당히 많은 마나가 흘러나간다. 권 고 검장과 달리 이미 발병한 상태이기 때문이다.

하지만 현수에겐 아무런 영향이 없다. 켈레모라니가 준 비늘이 금방 마나를 채워주기 때문이다.

아버지의 체내를 말끔하게 정상화시키는 데 걸린 시간을 대략 45분가량이다. 그사이에 어머니가 들어와 걱정스런 시선으로 바라보는 중이다. 남편의 아랫배에 닿아 있는 아들의 손이 왠지 심상치 않다는 느낌을 준 모양이다.

"휴우! 이제 괜찮을 거예요."

"내게 무슨 문제가 있었던 거냐?"

자리에서 일어나며 묻는 말이다.

"속이 그렇게 더부룩하셨으면 병원에 가보시지 왜 안 가셨어요? 조금만 늦었으면 큰일 날 뻔했어요."

"무어? 아버지가 무슨 병에 걸렸던 거냐?"

큰일 날 뻔했다는 말에 어머닌 몹시 놀란 표정이다.

"네. 위암이 진행 중이었어요."

"뭐? 위, 위암? 아이고, 여보!"

"위암이라고? 내가? 정말? 정말인 게야?"

"네, 위암 중기쯤 되었어요. 그냥 놔뒀으면 다른 장기로 번졌을 거구요. 그럼 손쓰기 어려울 뻔했어요."

"아이고, 얘야, 아버지가 위암이라면서 왜 이렇게 태연해? 안 되겠어요, 여보. 어서 일어나요. 빨리 병원 가요."

어머닌 위암이라는 말에 허옇게 질린 얼굴이다. 허둥지둥

일어나 장롱을 열고는 서둘러 아버지 옷을 꺼낸다.

"어머니, 아버진 병원 안 가셔도 돼요."

"왜? 위암이라면서? 병원에 가야지."

"아뇨. 안 가셔도 돼요. 방금 전에 완치되었으니까요."

"뭐? 뭐라고? 위암이 완치돼? 네가 그랬다고?"

"네, 완치되셨어요. 아버진 지금 완전히 정상이에요. 그리고 조금씩 젊어질 거예요. 한 10년쯤 젊어지실 거예요."

어머닌 의아하다 못해 얘가 뭘 잘못 먹어 갑자기 미친 건 아닌가 하는 표정이다.

"…그게 대체 무슨 소리냐? 응? 넌 의사도 아니잖아. 근데 어떻게… 어떻게 그런 말을 해?"

"……!"

말없이 모자간의 대화를 지켜보던 아버지의 시선이 쏠린다.

"어머니, 이 집 주인아주머니가 폐암에 걸렸던 거 아시죠? 저기 구리시에 있는 아파트에 사는 아주머니 말이에요."

"집주인? 그래, 알지. 맞아. 그 사람, 폐암이라고 했는데."

"혹시 그 병 나았다는 말 못 들었어요?"

"폐암이 나아? 가만, 그러고 보니 성당에서 그런 말을 들은 것도 같다. 맞아, 기억나. 폐암인데 병원에서 포기했다고 그랬어. 그래서 이 집 세놓고 온갖 민간요법을 다 썼다고 했는데 어느 날 나았다고 들었어."

어머니는 성당 활동을 하시느라 거의 매일 집을 비우신다. 아버지 역시 밖에 있는 시간이 월등히 많다.

집주인은 고맙다는 말을 하려 수시로 찾아왔었다.

그런데 공교롭게도 그때마다 빈집이었다. 하여 현수가 폐암을 치료했다는 걸 아직 모르는 상황이다.

이 집을 소개해 준 부동산 아줌마는 전부는 아니지만 현수 덕에 폐암이 치료되었다는 정도는 알고 있다. 그런데 얼굴 볼 일이 없어 아직까지 그 소문을 전하지 못한 것이다.

"저, 콩고민주공화국에 들어가기 전에 그랬어요. 조금 전에 아버지가 드신 그걸 마시게 했더니 암이 완치되었어요."

"그, 그랬어?"

어머니의 부들부들 떨리던 손이 약간은 진정되는 듯하다.

"그리고 그간 말씀 안 드린 게 있어요."

"뭐, 뭐냐?"

"사실 전 마법사예요."

"뭐? 무슨 사? 혹시 마법사라고 했니?"

아버진 잘못 들은 거 아닌가 하는 표정이다. 어머니도 마찬가지이다.

"네, 마법사 맞아요. 마법을 부리는……. 보실래요? 마나여, 불꽃을 생성시켜라. 플라즈마 볼!"

샤르르릉—!

현수의 손 위에 열기를 내뿜는 하얀 불길이 솟구치자 어머니가 뒤로 주저앉는다.

너무나 놀란 때문이다.

"헉! 혀, 현수야!"

"헐! 세상에나 맙소사!"

아버지 역시 많이 놀란 표정이다.

"보셨죠? 이게 마법이에요. 눈속임이 아니에요. 보세요."

현수는 한 손으로 신문지를 찢어 불길에 가져다 댔다.

화르르르르—!

삽시간에 화염이 휩싸이는 모습을 본 아버진 턱이 빠질 듯 입을 크게 벌린다.

"매직 캔슬!"

"세상에, 맙소사! 어떻게 이런 일이!"

화염구가 사라지자 어머니가 저도 모르게 중얼거린 말이다.

"그동안 말씀 안 드린 건 이게 비밀이기 때문이에요. 앞으로도 두 분 이외엔 몇 사람만 알게 될 일이구요."

"……!"

두 분은 대답이 없다. 넋이 반쯤 빠진 때문이다.

"아버진 됐으니까 이제 어머니를 살펴볼게요."

현수는 대답을 기다리지 않고 어머니의 맥문을 쥐었다.

"마나 디텍션!"

손목을 타고 들어간 마나는 어머니의 몸속을 휘돌며 각종 정보를 보고한다. 가장 먼저 신장에 문제가 발생되고 있음을 알게 되었다. 다음은 눈이다. 백내장이 진행되고 있다.

다음은 무릎이다. 슬 관절에서 퇴행성 관절염이 한창 진행되고 있다. 주부습진과 무좀도 있으시다.

무좀의 경우는 물집이 잡히고 진물이 나는 증상인데 발가락 각질 밑을 장악한 상태이다.

고혈압 증상도 있고, 이로 인한 각종 성인병에 고스란히 노출되어 있으므로 한시바삐 리커버리 마법 한 방을 날리라는 진단이 내려졌다.

"흐음, 어머니도 조금 심각해요. 우선 이거 한 병 드셔야겠네요. 어머니의 몸은 현재……."

말을 하며 아공간에서 삼각 플라스크를 꺼냈다.

당연히 두 분의 눈이 휘둥그레진다. 아무것도 없던 허공에서 뭔가가 솟아나는 것처럼 보인 때문이다.

현수는 가감없이 어머니의 상태를 말씀드렸다.

그냥 놔두면 신부전[3]으로 인한 장기 투석[4]을 받아야 할 상황이다.

---

3) 신부전(Renal failure, Kidney failure):신기능부전이라고도 함. 혈액 속의 노폐물을 걸러내고 배출하는 신장의 기능에 장애가 있는 상태. 혈액 속 노폐물의 농도가 높아지고 수분의 배출이 일어나지 않으며 여러 가지 합병증 및 고혈압이 발생한다.

변비도 심해 장내 환경이 악화된 상태이다. 이로 인해 대장암이나 직장암, 간과 신장 질환, 이밖에 장 폐색5)이나 장 뒤틀림, 장관 유착 등이 발생될 수 있음을 알려 드렸다.

또한 골다공증이 심각하게 진행되고 있음을 이야기했다.

이쯤 되면 살아 있는 종합 병동이다.

두 분은 당연히 잔뜩 겁먹은 표정이다.

"하지만 걱정 마세요. 이 아들이 있잖아요."

회복 포션 복용을 마치곤 눕도록 했다. 말 잘 듣는 어린이처럼 눕는다. 여전히 불안한 표정이다.

하나뿐인 아들이다. 학교 다닐 때 공부를 잘한 것은 아니지만 아주 못하지도 않았다.

삼류대학 수학과 출신이지만 어쩌다 보니 대기업의 전무이사라는 자리까지 올라 있다. 그 과정에서 한 번도 의학을 공부한 적이 없다. 그런데 아주 고명한 의사처럼 척척 진단을 하고 치료까지 하겠다고 하니 의아하기만 하다.

하지만 밑져야 본전이다. 몸을 째는 것도 아니고 믿지 못할 약을 주구장창 먹이려는 것도 아니다.

그렇기에 시키는 대로 누웠지만 불안한 마음이 드는 건 어쩔 수 없다. 그 결과 손이 약간씩 떨리고 있다.

"어머니, 마음 편히 가지세요. 조금 전에 아버지 할 때 보

---

4) 투석(透析):신장의 기능이 손상되면 혈액 중의 노폐물을 체외로 배출할 수 없게 되어 요독증과 같은 위험한 증상이 나타난다. 혈액 투석은 이 증상을 개선·예방하기 위하여 행해지는 방법이다.

섰죠? 전혀 아프지 않아요. 그냥 누워서 쉰다고 생각하세요. 그럼 금방 끝날 거예요."

"그래, 알았어."

"자, 그럼 심호흡을 세 번 해보세요."

"후읍, 후우우, 후으읍, 후우우, 후으읍, 후우우!"

"마나여, 체내의 모든 것을 원상으로 되돌려라. 리커버리!"

샤르르르르릉—!

눈에 보이지 않는 서늘한 푸른빛 마나가 어머니의 체내로 스며들기 시작한다.

현수는 이번에도 아르센 대륙어로 마법을 구현시켰다.

아버지는 현수의 입에서 나오는 생전 처음 듣는 언어가 나오자 놀랍다는 듯 바라본다.

'저거 내 자식 맞나?' 하는 딱 그런 표정이다.

그러거나 말거나 마나는 손끝을 타고 어머니의 체내로 상당히 많이 스며든다. 그렇게 시간이 흘렀다.

"자, 이제 됐어요. 이젠 일어나셔도 돼요."

"그, 그래!"

몸을 일으킨 어머니는 느낌으로 체내를 살피는 듯하다.

"으응? 그러고 보니 잘 보이네?"

수정체에 발생된 혼탁으로 인해 조금씩 시력 저하 현상이

---

5) 장 폐색(Intestinal obstruction):장, 특히 소장이 부분적으로 또는 완전히 막혀 음식물, 소화액, 가스 등의 장 내용물이 통과하지 못하는 질환. 보통 쥐어짜는 듯한 극심한 복통, 오심과 구토, 복부 팽만 등이 동반된다.

빚어지는 중이었다. 그런데 그게 말끔히 사라지니 젊은 시절처럼 잘 보이는 것이다.

"어! 나도. 이게 그냥 보이네."

"어머! 여보, 저도 신문이 잘 보여요."

아버지와 어머니 모두 돋보기를 써야 신문을 볼 수 있었다. 그런데 지금은 맨눈으로도 또렷하게 보이는 모양이다.

"자아, 몸은 앞으로도 조금씩 더 나아지실 거예요. 아까 복용한 회복 포션과 제가 시전한 리커버리 마법이 상승작용을 일으키며 진행되니까요. 물론 인체엔 아무런 해가 없어요."

"그, 그래, 고맙구나. 모두 네 덕이다."

어머니는 흐뭇한 미소로 아버지를 바라보신다. '이런 자식을 내가 낳았소' 하는 표정이다.

"어머니, 전에 드렸던 그 약들 어디에 두셨어요?"

"그거? 혹시 몰라 냉장고에 넣어두었다."

"두 병만 남기시고 나머진 절 주세요. 그리고 그 두 병은 비상용이에요. 전에 아버지 손가락 잘리셨을 때처럼 긴급한 일이 발생되었을 때만 사용하세요."

"그럼 그때……."

"네, 그때도 제가 힘을 좀 썼죠."

"그랬구나. 어쩐지 조금 이상하다 했어. 그렇게 빨리 나을 수가 없는 건데. 고맙구나."

아버진 이제야 의혹이 풀렸다는 듯 고개를 끄덕이신다.

"아무튼 그 두 병은 꼭 두 분을 위해서만 쓰셔야 합니다. 그럴 리야 없지만 주임 신부님이 아무리 아파도 주시면 안 돼요. 제가 마법사라는 게 알려지면 어쩌면 이 나라에서 못 살수도 있어요. 왜 그런지는 아시죠?"

아버진 의미를 안다는 듯 고개를 끄덕였지만 어머닌 아니다. 마법사가 왜 한국에 못 사느냐는 표정이다.

"현수가 마법사라는 게 알려지면 나라에서 데려가 쓰려 할거요. 자유는 없어지고 실컷 부림만 당한다는 뜻이오. 연구하겠다고 달려들지도 모르고. 당신 아들이 해부되면 좋겠소?"

"네? 아, 안 되죠. 당연히 안 돼요."

어머닌 생각만으로도 끔찍하다는 듯 얼른 손사래를 친다.

"그러니까 두 분만 아시고 어느 누구에게도 말씀하시면 안돼요. 아셨죠?"

"그럼 사돈이 될 고검장님에게도 말하지 마?"

"아뇨. 고검장님과 사모님께는 말씀하셔도 돼요. 지현이도 제가 마법사인 걸 아니까요."

"그래, 그랬구나. 그나저나 너 없이 결혼 준비하려니 좀 그렇다. 양복도 새로 맞춰야 하고, 너희 웨딩 촬영도 해야 하잖니. 근데 또 나가야 하니?"

"어머니, 아버지, 제가 두 분께 또 말씀드릴 일이 있어요."

"오냐, 말해보아라."

아버진 기특하고 대견한 아들을 보는 것만으로도 흐뭇하신지 웃는 낯이다.

"그래, 뭐냐? 말해봐라."

"저 크리스마스이브에 지현이와 결혼하죠?"

"그래."

"그리고 곧바로 출국할 거예요."

"아암, 당연하지. 신혼여행은 가야지. 그래, 어디로 가려고?"

"신혼여행을 곧바로 떠나는 게 아니라 콩고민주공화국으로 가야 해요."

"왜? 일이 바빠서 그러니? 전무가 되었다 해서 좋아했건만 신혼여행도 못 갈 정도로 바쁜 거야?"

어머닌 못마땅하다는 표정이다.

하긴 평생에 딱 한 번뿐인 신혼여행을 회사 일 때문에 못 가게 된다면 누가 좋아하겠는가.

어머닌 당사자가 아니지만 본인이 그런 입장인 듯 인상을 찌푸리신다.

"그게 아니라 거기에서 결혼식을 또 올려야 해요."

"거기서 왜? 거긴 일가친척도 없는 곳인데. 지현이가 그러자고 그러든?"

"아뇨. 지현이를 만나기 전부터 제가 좋아했던 아가씨가 있어요. 연희라고, 천지그룹 이연서 회장님의 손녀지요."

"뭐? 천지그룹 이연서 회장님의 손녀?"

"네, 친손녀예요. 둘째 아드님의 큰딸이니까요."

아버진 많이 놀라는 표정이다.

이연서 회장은 툭하면 뉴스 화면에 등장하는 대한민국의 재계를 주름잡는 재벌 탑3 중 하나이기 때문이다.

"연희 말고도 아가씨가 하나 더 있어요. 이리냐라고, 쉐리엔 선전에 나오는 모델 있지요?"

"러시아 모델이라는 그 아가씨?"

아버지는 텔레비전을 잘 안 봐서 모르지만 어머닌 각종 드라마를 꿰고 있다.

당연히 시작 전에 방영되는 CF를 봤기에 이리냐를 안다.

게다가 혜성처럼 등장하여 대한민국 사내들의 가슴을 뛰게 한 절세미녀이기에 각종 연예 프로그램에서 이리냐에 대한 이야기가 많았다.

"네. 이리냐도 제 신부예요."

"헐! 이게 대체 무슨 소리냐? 그럼 신부가 셋이라고?"

"네, 그렇게 되었습니다."

"지현이와 연희는 그렇다고 치자. 하지만 이리냐는 외국인 아니냐?"

어머닌 이리냐를 밀어낼 속셈인 듯하다.

"어머니, 이리냐는 제가 만든 무역회사와 거래하는 드모비치 상사라는 곳과 아주 밀접한 관계가 있는 여자예요."

"그, 그래?"

"아버진 혹시 아실지 모르겠습니다. 레드 마피아를 아세요?"

"레드 마피아라면 러시아의… 맞냐?"

"네, 맞아요. 세계에서 가장 위험한 마피아이자 세력도 가장 큰 조직이죠."

"그, 그런데 왜?"

"이리냐는 레드 마피아 모스크바 보스 알렉세이 이바노비치의 딸이에요."

"뭐, 뭐라고?"

아버진 대경실색하신다.

"여보, 레드 마피아가 대체 뭐길래 이래요?"

"레, 레드 마피아는 세계 폭력 조직 중 1위인 집단이야. 웬만한 나라 정도는 그냥 찜 쪄 먹을 세력이지. 우리나라 조폭이 모두 덤벼도 당해낼 수 없어."

"네에?"

"어머니, 이리냐는 참하고 상냥한 아가씨예요. 정상적으로 대학까지 졸업할 거구요."

"……!"

고검장 댁과 사돈을 맺는 것도 몹시 부담스러웠지만 겉으로 드러내지는 않았다.

그런데 고검장 따위는 아무것도 아닌 재벌의 손녀, 그리고 그런 재벌을 우습게 아는 레드 마피아 두목의 딸이 아들과 결혼한단다.

부모님은 아예 넋이 나간 듯 입을 벌리고 있다.

"아무튼 그곳에서 연희와 이리냐, 그리고 지현이와 결혼식을 올릴 거예요. 거기까지는 자가용 비행기를 타고 갈 거니까 그런 줄 아세요."

"그, 그래, 네 뜻대로 하거라."

아버지가 먼저 고개를 끄덕였다. 기호지세라는 말이 있다. 호랑이 등에 올라탄 상황이라는 뜻이다.

끝까지 밀고 나가지 않으면 죽을 수도 있다.

천지그룹과 척을 져서도 안 되고, 레드 마피아는 더더욱 안 된다. 그랬다간 남아나는 게 없게 된다. 그렇기에 사회 규범에는 어긋나지만 고개를 끄덕여 허락해 준 것이다.

"서울이나 근교에 집을 지을 거예요. 거기선 지현이와 살 겁니다. 콩고민주공화국의 킨샤사에선 연희와 살구요. 모스크바 집에선 이리냐와 머물 겁니다."

"그럴 집은 있는 거냐?"

"네, 킨샤사와 모스크바의 집은 이리냐의 후견인과 보스가 선물해 주셨어요."

"그래, 알았다. 피곤할 텐데 가서 쉬거라."

부모님은 현수와 더 이야기하다간 어떻게 될 것 같은지 쉽게 풀어주신다.

이로써 결혼과 관련된 모든 난관은 극복한 셈이다. 현수는 무거웠던 마음이 가벼워진 때문인지 콧노래를 불렀다.

부우우우웅! 부우우우웅―!

"강전호구나. 일이 잘 되었을까? 여보세요."

"아! 여보세요. 김 전무님."

"친구하기로 해놓고 전무님은 무슨……. 아폰테 사장님과의 일은 잘 되었나, 친구?"

"어! 그, 그래. 고, 고마워. 사장님이 마음을 바꿔 우리와 계약을 하시겠대. 근데 친구 좀 보자고 해서."

"지금?"

"가급적 빨리 봤으면 하서."

"오케이. 지금 바로 갈게. 롯데호텔이지?"

"그래."

전화를 끊고는 곧바로 차를 몰아 롯데호텔로 향했다.

"오오! 어서 오게."

"하하! 네."

아폰테 사장이 두 팔을 벌려 환영의 뜻을 표한다. 이때 부속실에 있던 엘리자베스가 웃으며 나타난다.

"아! 사모님도 계셨군요. 안녕하시죠?"

"어서 와요, 미스터 킴!"

"네, 건강해 보여서 좋네요."

"자네 덕이지. 자자, 이럴 게 아니라 자리에 앉지."

"네."

현수가 자리에 앉자 아폰테 사장이 시선을 준다.

"그런 기술이 있으면 진즉에 말을 하지. 괜히 여러 사람 힘들게 하였네."

"그게… 원래는 자동차에 적용되는 거였어요. 전호 그 친구가 도움을 청해 선박 쪽에도 된다고 했더니 그런 겁니다."

"대단해! 역시 대단해! 올해 최고의 기술이네!"

어제 아폰테 사장은 노란색 스피드를 끌고 온 강전호의 말을 도저히 믿을 수 없었다.

현수의 말이 없었다면 화를 버럭 낼 상황이다. 세상에 어떻게 1리터에 112㎞나 굴러가는 차가 있단 말인가!

최첨단 하이브리드 차에서도 나오기 힘든 연비이다.

하여 박동현 대표가 데리고 온 울림네트워크 직원에게 연료 탱크를 완전히 채우라고 요구했다.

75리터짜리 탱크가 완전히 채워졌음을 확인한 아폰테는 직접 운전대를 잡고 운전했다.

롯데호텔을 떠나 장지동 쪽을 가다가 서울 도시 외곽순환 고속도로로 올라탔다. 그리곤 총연장 127.6㎞짜리 순환고속 도로를 완전히 일주했다.

시내 주행에서 리터당 112.3㎞를 운행했다고 한 말은 믿을 수 없다. 하여 그보다 훨씬 연비가 높아질 고속도로를 달려봐 서 연비를 살펴볼 생각을 한 것이다.

이 차엔 엘리자베스와 강전호, 그리고 혹시 모를 상황을 대 비한 울림네트워크 직원이 동승해 있었다. 동승자가 많을수 록 연비는 줄어들기에 그건 감안할 생각이다.

아무튼 스피드는 서울 도시 외곽순환고속도로를 일주한 후 롯데호텔 주차장으로 되돌아왔다.

마침 퇴근 시간이 지나 러시아워가 풀린 상태인지라 별다 른 막힘 없이 쾌속 주행을 해서 시간은 많이 걸리지 않았다.

도착 즉시 탱크에 남아 있는 연료의 양을 측정했다.

계기판을 보니 오늘의 총 주행 거리는 140㎞를 약간 넘겼 다. 계측 결과 남아 있는 연료는 74리터가 넘었다.

고속도로 주행 시 리터당 166㎞라는 놀라운 연비를 가졌다 는 말이 사실인 것이다.

상식적으로 말도 안 된다. 하여 뭐가 잘못된 건 없는지 여러 번 되짚어 생각해 보았다. 하지만 결론은 하나다.

노란색 스피드는 이 세상 어떤 가솔린 엔진 차도 보여주지 못한 연비를 내고 있다는 것이다.

대체 무엇이냐는 말에 전호와 울림네트워크 직원은 한결같이 현수 이름을 댄다. 더 이상 물어도 아무것도 나오지 않았기에 현수를 만나면 물을 생각을 한 것이다.

"어떻게 그런 엔진을 개발하게 되었나? 정말 대단하네."

"그냥 관심을 갖고 파고들었더니 의외로 좋은 결과가 나온 것뿐입니다."

"사람 참 겸손하군. 내 그래서 미스터 킴을 더 좋아해."

"네, 저도 그렇게 생각해요."

"에구, 그렇게 생각해 주시니 정말 감사합니다."

현수가 슬쩍 고개 숙여 사의를 표하자 노부부의 입가에 환한 미소가 맺힌다.

"여보, 아까 준비한 거 그거 좀 꺼내와."

"네, 여보. 미스터 킴, 잠깐만 기다려요."

"……?"

대체 뭔가 싶어 잠시 기다리는 동안 아폰테 사장은 개구쟁이 같은 웃음을 지으며 바라본다.

"자아, 대령했어요."

엘리자베스가 가져온 것은 노란 봉투 두 개였다.

"자, 이건 내 선물이네. 사랑하는 내 아내를 병마의 고통에서 벗어나게 해서 행복한 노후를 보낼 수 있게 해줘 고맙다는 뜻으로 마련했네. 마다하면 안 된다는 것쯤은 알지?"

아폰테 사장이 내민 봉투를 받은 현수는 내용물을 살피지 않았다. 어떤 마음으로 준 건지 알기 때문이다.

"고맙습니다. 뭔진 모르지만 감사한 마음으로 받겠습니다."

"이건 내 선물이우. 곧 죽을 목숨이었는데 살려줘서 고마워서 준비했어요. 그리고 곧 결혼한다고 들었어요. 감사의 뜻과 결혼 선물을 겸하니 사양하면 안 되는 거라우."

현수는 똑같이 생긴 봉투를 받으며 환히 웃어주었다.

"네, 사모님. 이것도 감사히 받겠습니다."

현수가 두 개의 봉투를 갈무리하자 아폰테 사장이 웃는다.

"자아, 이제 선물 개봉할 시간이네. 자네가 그걸 열어보고 어떤 표정을 지을지 궁금하네."

아폰테 사장은 잔뜩 기대된다는 듯 두 손을 비비며 개구진 웃음을 짓는다. 엘리자베스 역시 눈빛을 빛내고 있다.

둘 다 두 손으로 턱을 괸 채 현수만 빤히 바라본다.

현수는 안에 담긴 것이 돈은 아닐 것이라 생각했다.

그렇게 직접적인 선물을 할 사람들은 아니기 때문이다.

아무튼 현수 역시 궁금하다는 표정을 지으며 봉투를 개봉했다.

찌이이익ㅡ!

"하하! 좋습니다. 먼저 사장님께서 주신 선물을 개봉해 보죠. 자아, 이 안에 뭐가 들어 있을까요? 통이 크신 분이시니 이번 계약을 태백조선소와 하겠다는 내용이 있겠지요? 짜안ㅡ!"

말을 마침과 동시에 봉투에서 서류를 꺼냈다. 이것을 펼친 순간 현수의 눈이 더없이 커졌다.

"헉! 이, 이건! 사장님, 이건 말도 안 돼요! 어떻게 이런 걸⋯⋯. 세상에, 맙소사! 아! 고맙습니다. 감사히 받겠습니다."

아폰테 사장의 선물은 미국의 Aerion Corporation사에서 제작하는 초음속 비즈니스 비행기 Aerion supersonic business jet(Aerion SBJ)였다.

동체 길이 45m, 날개 폭 19.6m이다.

상승 고도는 16㎞, 최대 항속 거리는 7,800~8,500㎞이다.

그리고 속력은 마하 1.6까지 낼 수 있다.

선택 사양으로 극장과 욕조 설치가 가능하며 최대 탑승 인원은 12인이다. 바닥에 앉히면 더 태울 수 있다.

가격은 8,000만 달러이다. 한화로 약 960억 원이다.

엄청난 가치를 지닌 선물이다. 그럼에도 현수는 사양하지 않았다. 아폰테 사장에게 있어 엘리자베스는 몇 조, 몇 경을 훌쩍 뛰어넘는 인생의 동반자이다.

그렇기에 두말없이 고개 숙여 감사의 뜻을 받아들인 것이다.

CHAPTER 03
너무 엄청난 선물입니다

"하하! 하하하! 거봐. 내가 이 친구 이럴 거라고 했잖아. 안 그래? 역시 배포가 두둑해."

"호호, 그러네요. 그런 거 보면 미스터 킴, 통 커요!"

"에구!"

현수는 뭐라 할 말이 없어 계면쩍은 웃음만 지었다.

"자, 이제 내 마누라가 준 선물을 개봉할 차례야. 이 친구 얼굴이 어찌 바뀌는지 보자고."

"호호, 그래요."

통 큰 선물을 하면서도 노부부는 몹시 즐거운 표정이다.

"좋습니다. 이번엔 엘리자베스 사모님의 선물을 개봉하죠."

찌이이익—!

봉투를 열자 이번에도 종이다.

현수는 포커 판에서 패를 쪼듯 천천히 서류를 펼쳤다. 그 과정에서 사진 몇 장이 떨어지기에 그것을 먼저 주워 들었다.

멋진 건축물 사진들이다.

가만히 보니 한 지역의 건물들과 주변 풍광을 찍은 것이다.

봄과 여름, 그리고 가을과 겨울 풍광이 고스란히 담겨 있다. 누가 봐도 상당히 멋진 곳이다.

"여기 정말 좋군요. 시간 나면 여행 한번 가야겠어요."

"그래, 꼭 가라고. 근데 볼 건 마저 봐야지?"

아폰테 사장이 어서 서류를 마저 펼치라고 손짓한다.

"하하! 네. 조심스럽게 펼쳐 보겠습……. 헉! 이, 이 건……!"

현수는 입을 다물지 못했다.

자신이 보고 있는 서류엔 아폰테 사장의 스위스 융프라우 소재 별장 단지 전체를 대한민국 김현수에게 양도한다는 내용이 담겨 있었기 때문이다.

돈으로 따지면 1,000억 원을 훌쩍 뛰어넘을 것이다.

"사, 사모님! 이건……!"

엘리자베스를 바라보았지만 대답은 아폰테 사장이 한다.

"신혼 여행지를 소유하는 사람은 지극히 드물지. 나도 그래. 근데 자네는 특별하잖아? 새 신부들과 인생의 2막을 시작하는 별장을 자네에게 주겠네. 결혼 축하하네."

"Congratulation! Mr. Kim!"

"아! 정말 감사합니다. 정말 감사합니다."

졸지에 융프라우에 있는 별장 단지 전체를 갖게 된 현수는 자리에서 벌떡 일어나 고개를 숙였다.

그러던 중 번뜩이는 상념이 있었다.

"사장님, 제가 콩고민주공화국 비날리아 지역과 반둔두 지역에서 사업을 하는 거 아시죠?"

"그럼! 게서 엄청난 작물들이 쏟아져 나올 것을 고대하네. 절반은 우리 MSC사의 배가 실어 나를 테니 말일세."

"그럼요. 당연히 그래야죠."

"좋아. 그런데 갑자기 그 이야긴 왜?"

"제가 이 자리에서 약속드립니다. 비날리아와 반둔두 지역에 두 분을 위한 별장을 짓겠습니다. 융프라우 것엔 비하지 못할지라도 경치만은 최고로 고르겠습니다."

"호오, 그러니까 별장 두 채를 선사하겠다고?"

"네, 거기선 무엇을 하셔도 됩니다. 두 지역 모두 콩고민주공과국의 치외법권 지대거든요."

"뭐? 치외법권까지 얻었단 말인가?"

"네. 향후 200년간 그곳은 제 통제 아래에 있게 됩니다."

"세상에, 맙소사!"

큰 사업을 하고 있다는 건 알지만 이 정도인 줄은 몰랐다는 표정이다.

"미스터 킴, 고마워요. 이렇게 마음 써줘서. 다 만들어지면 말해요. 꼭 가볼 테니."

"하하! 네. 꼭 그렇게 하겠습니다."

말을 하며 현수는 두 지역에 제법 그럴듯한 위락 단지를 만들 생각을 품었다. 자신에게 호의적인 사람들을 초청하여 실컷 놀 수 있도록 만들 생각이다.

"그나저나 내가 주문하고 태백조선소에서 만들 배의 엔진은 자네가 손보는 건가?"

"네, 이번엔 그럴 생각입니다. 하지만 모든 일을 제가 혼자 할 수는 없어 현재 이실리프엔진이라는 회사를 만드는 중입니다."

"대단해, 대단해! 정말 대단해!"

"MSC사가 보유한 모든 선박의 엔진부터 개조해 드릴 테니 순차적으로 보내주십시오."

"그거 하는 데 시간 오래 걸리나?"

"아뇨. 알고 보면 간단해서 하루면 끝납니다."

"겨우 하루?"

"네. 그러니 순차적으로 보내주시기만 합니다. 참 보내시기 전에 그 배의 엔진 설계도가 필요합니다. 새 엔진을 다는 게 아니라 그 엔진을 손보는 거니까요."

"알겠네. 우리의 새로운 대리점이 된 신세계마리타임을 통해 확실히 전달되도록 하겠네. 이거 자네 때문에 내가 바쁘게 되었어."

"어머! 왜요?"

"왜긴, 우리가 보유한 선박들이 언제 시간이 비는지 일일이 다 알아봐야 하잖아."

아폰테 사장의 말에 엘리자베스는 팔짱을 끼며 웃는다.

"치, 그런 일은 제마일리를 시키면 되잖아요. 사위는 됐다가 국 끓여 먹을 거유? 녀석이 일하는 동안 우린 이 아름다운 한국을 더 구경해요. 네?"

"아이구, 네. 그래, 이번엔 어디가 가고프십니까?"

"김기덕 감독이 만든 영화 '봄, 여름, 겨울, 그리고 봄'의 배경인 주산지요."

"아! 그 주산지, 정말 절경이죠."

현수가 먼저 엄지손가락을 치켜들었다.

새벽 물안개가 스멀스멀 피어오르는 주산지의 모습은 신비스럽다는 느낌까지 주는 곳이라는 걸 잘 알기 때문이다.

"흐음, 그래? 미스터 킴까지 칭찬하니 한번 가보긴 해야겠군. 하하! 하하하하!"

이날 늦은 오후, 만세 소리가 울려 퍼지는 곳이 있었다.

"하하하! 만세! 만세! 만세!"

"수고했어! 하하! 정말 수고했어, 강 차장!"

"네? 강 차장이요? 하하! 하하하하!"

강남역 뒷골목에 위치한 비즈니스 클럽엔 태백조선소 직원들이 있다. 강전호, 우정훈, 박창민 과장과 권철 전무이다.

"하! 강 과장, 정말 대단해. 그런 상황에서도 끝까지 포기하지 않고 버틴 보람이 있어."

"그보다 김현수 전무님께 정말 감사해야 할 일이야. 우릴 너무 많이 도와준 거잖아. 안 그래?"

"맞아! 엔진 개조 기술도 김 전무님만 아는 거라며? 아폰테 사장과 직접 만날 수 있도록 자리도 만들어줬고."

"맞아! 김현수 그 친구가 다 해줬어."

"그래, 그 은혜는 갚아야지. 언젠가는. 지금으로선 아무것도 해줄 수 없으니까."

강전호는 진심을 담아 고개를 끄덕였다. 사랑하는 여인 베아트리체와의 결혼은 100% 현수의 공이다.

하여 언젠가 꼭 도움이 되겠다는 결심을 한다.

"하여간 정말 대단해. 뭐든 다 이뤄내는 손이잖아. 그럼 김현수 전무의 손은 미다스의 손인가? 하하! 하하하!"

권철 전무가 너털웃음을 짓고는 단숨에 술잔을 비운다.

"자, 오늘 신나게 한번 놀아보자고. 아가씨들 부를까?"

"아뇨, 아닙니다. 아가씨들 들어오면 괜히 분위기만 깨져요. 오늘은 우리끼리 승리를 만끽해요, 전무님."

"하하! 그래. 그러자고. 어? 뭐해? 어서 잔을 채워. 다 같이 건배 한 번 더하자고."

"네, 전무님!"

오늘 오후 강전호와 권철 전무는 아폰테 사장을 대리한 MSC사의 이사 제마일리와 12,000TEU급 컨테이너선 12+18척을 신조해 주는 계약을 체결했다.

12+18이 뭔가 하면, 열두 척은 지금 당장 계약을 하는 것이며 나머지 열여덟 척은 진척 상황을 보아가며 추가로 계약한다는 의미이다. 별다른 변동 사항이 없다면 30척을 수주한 셈이다.

척당 계약 가격은 깔끔하게 1억 달러로 정했다. 아폰테 사장의 사위 중 하나인 제마일리는 회사의 이익을 위해 더 깎자고 했으나 그럼 신형 엔진 장착이 어렵다는 말에 손을 들었다.

태백조선소 입장에선 오늘 30억 달러어치를 수주한 셈이다.

"자, 잔들 다 비웠지?"

"네, 전무님!"

"크흐흐, 그럼 지금부터 사장님과 통화를 하겠다. 모두 조용히 하는 거 알지?"

"크크, 그럼요. 우리 짠돌이 사장님이 그동안 전무님과 강 과장을 엄청나게 갈궈댔는데 어떤 대답을 하시는지 한번 들어보죠."

우정훈 과장이 흰 이를 드러내며 기대된다는 표정을 짓는다. 회사라는 게 다 그렇지만 태백조선소의 사장은 CMA 오머런과의 계약 이후 권철 전무를 쪼아댔다.

슬슬 풀어지는 것 같으니까 마침 걸려든 MSC사와의 계약을 걸고넘어졌다. 사실은 오시마조선소가 이번 물량을 가져가게 될 것이란 것을 알면서도 그런 것이다.

"자아! 이제 전화를 건다."

권철 전무는 이미 상당히 많은 알코올을 섭취한 상태인지라 계급도 잊고 마냥 어린애처럼 환한 웃음을 짓는다.

띠, 띠, 띠, 띠띠, 띠띠, 띠띠, 띠띠!

번호를 다 누르자 컬러링이 울려 퍼진다.

차디찬 그라스에~ 빨간 립스틱~
음악에 묻혀 굳어버린 밤 깊은 카페의 여인……

"하여간 이 양반 취향 하곤. 사장이면 사장답게 좀 고상하게 하지. 짜짜짜~ 짠~ 같은 베토벤의 운명, 뭐 이런 거로 해야지. 안 그런가?"

"네, 전무님! 사장님은 살짝 수준이 낮습니다."

"크크크! 맞아, 맞아!"

다들 술이 올라 그러는지 평소엔 하지 못하던 용감한 소리를 막 내뱉는다.

"아! 권 전무, 이 시간에 웬 일인가?"

사장도 어디선가 술 한잔한 모양이다.

"사장님, 저 권철 전무입니다."

"어! 그래, 무슨 일 있어? 오늘은 일요일인데 이 시간에 웬 일이야?"

"사장님, 큰일 났습니다."

권철 전무는 세 과장에게 아무런 소리도 내지 말라는 뜻으로 한쪽 눈을 끔벅인다. 이에 모두 입을 막으며 웃음소리를 감춘다. 뭔가 음모를 꾸미려는 걸 눈치챈 것이다.

"큰일? 무슨 큰일? 누가 어떻게 됐어?"

"네, 저희 지금 잡혀 있습니다."

"뭐라고? 뭐가 어떻게 되었다고?"

갑자기 사장의 음성이 커진다.

"저하고 강 과장, 그리고 우 과장과 박 과장이 지금 강남역 뒷골목에 위치한 홀딱 비즈니스 클럽에 잡혀 있다구요."

"술집에 잡혀 있어? 술 마셨어? 돈만 내면 되는 일이잖아."

"네, 그런데 지금 저희 넷 모두 지갑을 잃어버렸습니다. 아니, 빼앗겼습니다."

"지갑을 빼앗겨?"

"네, 사장님밖에 없습니다. 와서 좀 구해주십시오."

"권 전무, 지금 장난하는 거 아니지? 나 지금 귀한 손님 모시고 접대 중이야."

"물론 그러시겠죠. 하지만 어쩌겠습니까? 저희 지금 잡혀 있구요, 금방 해결해 주지 않으면 여기 있는 조폭들에게 맞아 죽게 생겼습니다. 어서 와서 좀 구해주십시오."

권철 전무의 연기력은 상당했다.

"허어, 이 사람이 지금……. 좋아, 진짜지?"

"네, 진짜 맞습니다. 어서 구해주십시오."

"좋아, 그리로 금방 가지. 가서 장난인 게 드러나면 알지?"

사장은 자신의 소중한 시간을 방해한 죄로 엄한 처벌을 할 것이다. 시말서는 당연하고 감봉 또는 견책 처분이다.

"사장님, 아니, 하늘같은 선배님!"

"왜?"

"제가 어떻게 감히 하늘같은 선배님을 상대로 장난을 치겠습니까? 더구나 아랫사람들 데리고요. 그러니 얼른 와서 구해주십시오. 네? 저희, 죽게 생겼습니다."

"알았어, 알았어. 어디라고?"

"네, 강남역 4번 출구 뒤쪽 골목으로 쑥 들어오면 홀딱 비즈니스 클럽이란 곳입니다. 술값은 대략 200만 원쯤 됩니다."

"헐! 많이도 마셨군. 좋아, 어떤 룸에 있는데?"

"저흰 12번 룸에 있습니다."

"알았어. 금방 가지. 어디 다친 덴 없지?"

"네, 아직까지는 그렇습니다. 어서 오십시오."

"그래. 끊어."

무뚝뚝한 사장답게 전화를 끊는다.

"크크! 크크큭!"

"키키키킥! 키키키킥!"

"우하하하! 하하하하!"

"하하! 하하, 아, 통쾌하다! 하하하!"

권 전무는 대학 2년 선배인 사장 때문에 겪은 수많은 스트레스가 한 방에 해결된 듯 호탕한 웃음을 터뜨린다.

"근데 사장님이 진짜 클라이언트 접대 중이었으면 어쩌죠?"

"클라이언트 접대는 무슨. 역삼동에 새로 생긴 칵테일 바의 바텐더랑 노닥거리고 있었을 거야."

"네? 그걸 전무님이 어떻게 아십니까?"

"내가 거길 알려줬거든. 그 칵테일 바에 새로 온 바텐더가 아주 삼삼해. 우리 사장님 이상형인 청순가련한 인상에다 아주 새침한 아가씨거든."

"우히히, 그래서요?"

"뭐가 그래서야? 사장님 혼자 된 지 꽤 되었잖아. 흐흐, 그래서 새장가 가려고 요즘 작업 중이시다."

"아, 그랬군요."

권 전무는 술에 취해 부하들이 알면 안 될 일을 발설하고 말았다. 나중의 일이지만 태백조선소 사장은 스물네 살이나 어린 신부와 두 번째 결혼을 한다. 직원들이 사모님이라 불러야 할 그 여인은 전직이 바텐더이다.

그리고 이 소문은 슬슬 회사 내로 번져 간다. 셋 중에 입 싼 사내가 있었기 때문이다. 아무튼 나중에 일어날 일이다.

"강 과장, 계약서 잘 챙겨둬. 최 사장 들어오면 면상에 확 디밀어. 그럼 난 이렇게 말할 거야."

"뭐라고요?"

"최 사장, 그게 계약서라는 거야. 총액은 얼마 안 돼. 겨우 30억 달러. 한국 돈으로 따져도 얼만 안 돼. 겨우 3조 6천억 원이니까. 3억짜리 아파트는 12,000채밖에 못 사."

"하하! 그다음엔요?"

사장님의 반응이 궁금했던 우 과장의 물음이다.

"그 돈은 12,000TEU급 컨테이너선 30척을 계약한 거야. 그런 의미에서 오늘 술값은 최 사장이 다 내! 알았지?"

"하하! 하하하!"

세 과장은 박장대소하며 쓰러진다,

한편 12번 룸 밖에 있던 웨이터는 고개를 갸웃거린다. 안에서 터져 나오는 웃음소리가 이해되지 않은 때문이다.

남자 넷이 대체 무슨 대화를 나누기에 이런 웃음소리가 나오는지 궁금하다.

하여 고개를 갸웃거리고 있다.

아가씨들 불러 달라는 콜을 대기하면서.

최 사장이 룸에 당도했을 때 권철 전무와 세 과장은 취해 있었다. 기분이 좋다면서 계속해서 원샷을 한 결과이다.

하지만 꾸며놓은 음모마저 망각한 것은 아니다.

최 사장이 룸에 발을 들여놓는 순간 강 과장은 계약서를 내밀었다. 그리곤 권 전무의 호기로운 발언이 이어졌다.

엉겁결에 계약서를 받아 든 최 사장이 내용을 살필 때 넷은 연기처럼 룸을 빠져나갔다. 대체 이게 무슨 일인가 싶은 최 사장은 고함을 질러 넷을 부르려다 멈춘다.

약간의 취기가 남아 있지만 계약서의 내용을 해독하지 못할 정도는 아니기 때문이다.

대당 1억 달러씩 30척이라는 구절을 보고는 아예 자리에 주저앉았다. 그리곤 천천히 계약서를 살폈다.

그리고 얼마 후 사장은 큰 소리로 웃기 시작한다.

"하하하! 하하하하! 하하하! 하하하하! 오시마조선소, 큰소리 뻥뻥 치며 약 올리더니 잘되었다. 하하! 하하하하!"

한편 밖에 있던 웨이터는 이건 또 무슨 상황인가 싶다.

안에서 술을 마시던 사람들은 일제히 빠져나가고 새로운 인물 하나가 들어왔다. 그런데 잠시 후 미친놈처럼 앙천광소를 터뜨리고 있으니 이상한 것이다.

웨이터는 먹튀일지도 모른다는 생각에 동료를 더 불렀다.

새로 들어간 놈이 한 방울도 마시지 않았다고 우길 때 잡아두기 위함이다.

최 사장은 몰랐다, 이게 수주 홍수의 시초였음을.

아폰테 사장으로부터 태백조선소의 신형 엔진에 대한 이야기를 전해들은 CMA 오머런이 가장 먼저 전화를 한다.

그리곤 전 세계를 누비고 있는 오머런사의 선박 전체의 엔진 개조 작업 의뢰가 들어온다.

당연히 새로 건조할 배들에 대한 문의도 한다.

이날 이후, 태백조선소에는 전에 없던 새로운 기구가 만들어진다. 엔진 개조 및 신조 선박 수주 상담부가 그것이다.

이 부서의 책임자는 강전호 부장이다.

권철 전무의 예상과 달리 두 계급이나 특진한 것이다.

애석하게도 현수 근처에 머물면 이런 대박이 터진다는 걸 아직 아무도 모른다.

*   *   *

"우미내라고? 좋아, 알았어. 둘 중 아무나 하날 납치해."

"네, 알겠습니다."

휴대전화를 내려놓은 강철환의 입가엔 괴소가 물려 있다.

"김현수! 네놈이 언제까지 버티는지 두고 보지. 크흐흐!"

강 예비역 대령은 현역 시절 데리고 있던 선진식 소령으로 부터 노후를 편안하고 안락하게 보낼 수 있는 건을 소개받았다. 들어보니 이건 큰 건이다.

그냥 편안한 노후 정도가 아니가 재벌 부럽지 않은 여건을 갖출 수 있는 건이다.

본능적으로 사냥감의 크기를 가늠한 것이다.

접촉하여 기술을 달라 하였다. 기무사 출신이라는 것 하나 만으로도 원하는 바를 쉽게 이루곤 했다.

그중엔 현재 내연 관계를 맺고 있는 여인도 있다.

혼인신고도 않고 같이 살고 있는 이 여인은 남편을 여의고 물려받은 사업체를 운영하던 과부이다.

골프 연습장에서 만나 자주 안면을 텄다. 그러던 어느 날 이 여인의 어려운 점을 해결해 주었다.

사업이 잠시 어려울 때 사채를 빌려 쓴 적이 있었다.

빌려 쓴 액수는 그리 크지 않았다. 하여 받았던 어음을 할인하여 약속한 날짜에 모두 갚았다.

그런데 상대는 그날 돈을 받은 적이 없다고 우긴다. 그리곤 말도 안 되는 고리 이자를 복리로 붙여 내놓으라고 한 것이다.

실제로 사채업자 사장을 만나 돈을 준 것은 아니다. 밑에 있는 직원에게 주었는데 그 돈을 들고튀었다는 것이다.

물론 진위 여부는 파악할 수 없다.

아무튼 당장 돈을 갚던지 운영하는 회사를 통째로 내놓으라고 협박한다.

남편이 죽고 난 뒤 여자 혼자 자식들 데리고 살면서 여러 가지 힘든 일이 많았다.

그걸 견뎌내고 기업을 운영하게 된 것이다. 하지만 시시때때로 협박하는 사채업자와 그 일당은 정말 견디기 힘들었다.

강철환은 수심 가득한 여자의 이야기를 모두 들어주었다. 그리곤 알아서 해결해 주겠다고 나섰다.

이틀 뒤, 여자는 모든 빚이 완전히 변제되었으며 그동안 착각하여 협박한 죄를 용서해 달라는 반성문을 받았다.

사채업자가 아무리 날고 긴다 하더라도 살아 있는 권력 기무사를 등에 진 사내를 상대할 수는 없기에 받아낸 상환 확인서와 반성문이다.

현재 강철환은 이 여인과 같이 살고 있다. 그리고 그녀의 재산을 야금야금 빼돌리는 중이다.

아무튼 강철환은 권력을 이용하여 온갖 일에 관여하였다. 하여 현재는 상당히 많은 재산을 축적하였다.

하지만 인간의 욕심은 끝이 없다.

강철환은 선진식 소령으로부터 들은 이야기 속에서 돈 냄새를 맡았다. 몇 억, 또는 몇십 억으로 끝날 일이 아니다.

그렇기에 계속해서 전화로 협박했다. 그런데 싸가지 없이 제 할 말만 한다. 아무리 현역을 떠났다 하더라도 참을 수 없는 모욕이다. 하여 펄펄 끓는 분노를 삭이느라 며칠을 보냈다.

그리고 오늘 그동안 생각했던 바를 실천에 옮긴 것이다.

강철환이 부하에게 내린 명은 명확하다.

우미내 마을에 사는 현수의 부모님 가운데 하나를 납치하라는 것이다. 인질을 잡아놓으면 현수로선 빠져나가지 못하리라 판단한 것이다.

　　　　*　　　*　　　*

　"어, 형! 여기야!"

　"그래."

　현수가 카페에 들어서자 이현우가 손을 번쩍 들며 환한 웃음을 짓는다.

　"짜식! 잘 지냈지?"

　"그럼. 형 덕분에 요즘 할아버지 뵙는 게 겁나지 않아."

　"왜?"

　"평생 형이랑 진짜 친형제처럼 잘 지내라면서 어깨를 탁탁 두드려 주시거든."

　이현우가 흰 이를 드러내며 환히 웃는다.

　'현우야, 너 이제 내 사촌 처남이야. 그러니 싫어도 평생 보고 살아야 해.'

　현수는 웃음 지으며 현우의 어깨를 두드렸다.

　"그래, 앞으로 평생 잘 지내보자."

　"하하! 그래, 형! 자, 자리에 앉아. 근데 뭐 마실래?"

　"흐음, 난 그냥 아메리카노 마실래."

　"알았어. 내가 가져올게."

　현우가 자리를 비운 새 현수는 문득 스치는 상념이 있었다.

'커피는 미국이 본고장도 아니다. 근데 왜 아메리카노라 이름을 붙였지? 흐음, 이거 문제 있네. 좋아, 나중에 내 커피가 나오면 내가 이름을 붙이지. 코리아노로. 후후!'

농담처럼 생각했던 이 이름은 실제로 붙여진다.

현수의 원두를 받는 커피숍에선 현재 아메리카노라 불리는 메뉴의 이름이 전부 코리아노로 바뀐다.

그리고 그건 대세가 된다. 다시 말해 한국에선 아메리카노라 불리는 커피를 찾아보기 힘들게 된다는 뜻이다.

"자, 여기 있어."

"그래, 고마워."

"고맙긴, 뭘 이깟 걸로. 그나저나 형, 장가간다면서?"

"어라? 너 그 소식 어디서 들었어?"

"어디서 듣긴, 인터넷에 다 떴어. 서울 중앙지검에 근무하는 권지현 형수님과 이번 크리스마스이브에 결혼한다고."

"어… 그래?"

"축하해. 난 부를 거지?"

"당연하지. 내가 널 안 부르면 누굴 부르냐? 와서 축가 불러줄 거지?"

"헐! 나 음치라는 거 잊었어? 결혼식 망치고 싶어?"

"맞다. 너 음치다. 하하, 조금 전의 그 말 취소다."

현수는 환한 웃음을 지었다.

"수정 씨하고는 잘 지내지?"

"그럼. 그쪽 아버님께는 인사드렸어. 우리 쪽엔 적당히 눈치봐서 말씀드리려고."

"대부분의 재벌가에서는 정략혼을 많이 하는데 괜찮겠어?"

"다행히도 우리 할아버진 별로 신경 안 써. 일생을 함께할 반려를 맞이하는데 계산해서 하는 건 아니라고 하셔."

"대단하시다. 이 회장님!"

현수는 자신과 수린을 엮으려던 이연서 회장을 떠올리고는 웃음 지었다. 그러거나 말거나 이현우는 희희낙락이다.

"히히, 그래서 수정이와 별일 없으면 결혼하게 될 거야."

"잘되면 양복 한 벌 알지?"

"그럼. 아르마니로 쫙 빼줄게. 형이 일등공신이니까."

"하하, 녀석! 농담이다. 난 그냥 아무 브랜드나 괜찮아. 그건 그렇고, 내게 무슨 용무 있냐?"

"응! 나 이번에 천지섬유 상무로 발령 받았어."

"와! 실전 경험을 꽤 높은 데부터 시작하네."

"어쩌다 보니. 아무튼 발령 받아서 연구소엘 가보니 김국환 실장이 이상한 걸 들여다보고 있더라고."

"뭐가 이상한 건데?"

"물어보니까 그거 형이 준 거라며?"

"아! 디오나니아 잎사귀?"

"그래. 연구소장이 말하길, 그걸로 아주 괜찮은 방탄복 제조가 가능하대."

"그래?"

"현재의 방탄복은 뻣뻣하고 무겁다는 게 문제인데 그걸 완전히 해결한대. 근데 그거 어디서 났어? 대량으로 구할 수 있는 거야? 구할 수 있으면 얼마나 가능해?"

현우는 여러 질문을 한꺼번에 한다.

"자자, 진정하고, 먼저 하나만 묻자. 그걸로 방탄복을 만들었다니?"

"응! 만들어서 시험도 했대."

"그랬더니?"

"권총 탄환으로부터 100% 안전하대. 그것도 근거리 사격에서. 5m라고 했던 거 같아."

"그래? 그럼 K-2 같은 걸로도 해봤대?"

"물론이지. 모두 막아낸대. 그래서 그걸 국방부에 납품하려고 하는데 대량 생산할 만큼 잎사귀 구해줄 수 있어? 그거 콩고민주공화국 정글에서 구한 거라며?"

"대량 생산이라면 잎사귀가 몇 장이나 필요한 거냐?"

"김 실장님 말에 따르면 5만 장 정도가 필요하대."

"휘유! 5만 장이라……."

"그거 구하기 어려운 거야?"

"당연하지. 그거 서식하는 인근에 얼마나 맹수들이 많다고. 웬만한 사람은 다가서는 순간 잡아먹혀."

식인 선인장 디오나니아는 실제로도 그렇다.

"김 실장님은 지금 그걸 가공해서 조끼식 방탄복이 아닌 내복식 방탄복을 생각하셔."

"그게 무슨 소리냐?"

"기존의 방탄복은 상체의 몸통 부분만 보호하는 거잖아. 근데 이건 가볍고 가공하기 쉬워서 내복처럼 전투복 안에 껴입는 걸로 만들 수 있대. 전신 보호가 되는 거지."

어떤 형태인지 충분히 상상되기에 현수는 고개를 끄덕였다.

"그래?"

"그럼에도 무게가 얼마 안 나가서 너무 좋다고 하셔."

"그랬구나."

"한 가지 문제가 있다면 여름엔 좀 더울 거라는 거야."

이현우의 이런 고민은 쉽게 해결이 된다. 항온 마법진만 그려 넣으면 되기 때문이다.

"아무튼 그거 잎사귀를 대량으로 구할 수 있는 거지?"

"마음만 먹으면 불가능하지는 않아. 그렇다고 쉬운 것도 아니지만."

현수는 호숫가에 서식하던 디오나니아를 떠올렸다.

그것들만으로는 부족하다. 다른 곳을 찾든지 디오나니아가 더 많이 서식하도록 재배하는 방법이 있다.

문제는 먹이이다.

디오나니아는 식인 선인장이다. 다시 말해 육식을 한다.

호랑이 같으면 우리에 가둬놓고 적당한 먹이를 던져 주면 알아서 먹는다.

그런데 디오나니아는 그런 방식으로 먹이를 줄 수 없다. 일일이 던져 줘야 하는데 누가 그 일을 할 수 있겠는가!

'흐으음!'

현수는 잠시 상념에 잠겼다. 디오나니아를 더 많이 재배할 수 있는 방법을 모색하기 위함이다.

그럼으로써 네 가지 이득을 취할 수 있다.

첫째는 더 많은 잎사귀를 채취할 수 있다는 것이다.

둘째는 대한약품에서 생산하는 NOPA의 원료인 열매를 더 많이 얻어낼 수 있다.

셋째는 잎사귀 가시에 있는 독액을 이용하여 식물성 해독제를 만들어낼 수 있다.

넷째는 디오나니아의 꽃은 직경이 30㎝에 이를 정도로 크다. 이것은 한번 피면 수년간 향기를 뿜어낸다. 향수나 방향제 원료로 아주 좋다.

현수 입장에서는 디오나니아 재배가 해볼 만한 사업 중 하나이다.

'먹이가 풍부하면 더 많이 번식하겠지? 근데 어떤 먹이를 줘야 하나? 살아 있는 걸 줘야 먹는데. 소처럼 너무 커도 안 되고, 돼지도 그래. 개? 개는 될까? 어휴, 근데 개를 어떻게 먹이로 줘? 그 귀여운 놈들을……'

현수의 상념은 꼬리에 꼬리를 물었다.

그렇게 적합한 먹이를 고려하던 중 카페 밖 골목에서 쏜살처럼 이동하는 것이 보인다.

CHAPTER 04
식인 선인장 재배법

'맞아! 쥐! 쥐라면 가능해. 먹이로 줘도 하나도 아깝지 않으니까. 문제는 쥐를 어떻게 주느냐는 거야.'

현수는 호수 인근 디오나니아 서식지를 떠올렸다.

사방은 사막이다. 쥐를 풀어놓으면 호수 인근을 떠날 수 없다. 며칠 지나지 않아 죽을 것이기 때문이다.

그런데 그러면 오아시스가 오염된다.

'할 수 없군. 서식지 인근에 마법진을 써서 쥐들이 일정 범위 밖으로 나가지 못하게 하면 되겠군. 근데 쥐는 어떻게 조달하지? 아, 그것도 마법으로 잡으면 되겠군. 문제는 아공간

에 넣으면 모두 죽는다는 거야. 그건 어떻게 해결하지?'

결국 현수는 쥐를 이동시킬 묘안을 만들어냈다.

쇠로 만든 용기를 구한다. 이것은 인라지 마법으로 키우고, 생쥐는 리듀스 마법으로 축소시킨다. 이 용기에 산소를 넣어 주고 문을 닫은 뒤 아동간에 넣으면 된다.

'흐음, 몇 가지 문제가 있군. 용기가 원하는 만큼 커지는지 와 쥐들이 축소되는지, 그리고 아공간에 넣었을 때 어떻게 되 는지 확인해야 해.'

현수는 다이어리를 꺼내 방금 전의 생각을 정리해서 기록 했다. 남들이 보면 이상할 수 있으므로 아르센 대륙어를 사용 했다.

"형, 뭘 그렇게 써?"

"아, 이거? 문득 문득 떠오르는 것들을 이렇게 적어놓는 거 야. 그게 나중에 아주 중요한 힌트가 되기도 하니까."

"그래? 그건 좋은 습관이네. 나도 그래봐야겠다. 그나저나 오늘 만난 김에 한잔 어때? 경빈이도 불러서 한잔하자."

"그러자. 좋은 데 있으면 안내해. 오늘은 내가 낼게."

"야아! 이거 연봉 많이 받는 형이 있으니까 좋네."

"녀석, 너도 용돈 많이 받잖아. 참, 네 월급은 얼마냐? 재벌 계열사인 천지섬유 상무이사니까 꽤 많지?"

"많기는 개뿔, 직책만 상무이사지 받는 돈은 신입사원이랑 똑같아. 할아버지가 그렇게 하라셨대."

"그렇게 아낀 건 나중엔 다 네 것 되잖아. 안 그래?"

"내 것은 무슨! 그리고 당장 배고픈데 나중에 진수성찬 차려준다고 하면 뭐해? 아무튼 경빈이 만나서 한잔해."

"그래. 수정 씨와 수연 씨도 올 수 있으면 오라고 하고. 둘 다 온다고 하면 나도 지현 씨 부를게."

"형수님도 불러?"

"그래, 인마! 이제 두 달 후면 이 형님도 유부남 된다. 그러니 챙겨줘야지. 얼마 안 남은 처녀 시절이니."

"알았어, 형. 그럼 우리 처녀도 부를게."

"하하! 그래라."

"형, 오랜만입니다."

조경빈은 약간 마른 듯 보인다.

"오냐, 잘 지냈지? 백두마트는 요즘 잘나가냐?"

"어휴! 말도 말아요. 그놈의 세정파 잔당들 때문에 골치 아파 죽겠어요."

농담이 아니라는 듯 고개를 설레설레 흔든다.

"왜?"

"내보내려고 하면 노조가 들고일어나서 그래요."

"일단 나쁜 놈들은 다 나갔잖아. 남은 사람들은 그냥 연줄 연줄 해서 들어온 사람들 아냐?"

"그렇긴 해도 찜찜하잖아요."

"그럼 막무가내로 내보내려 하지 말고 일단 회유를 해. 그래서 네 사람을 만드는 게 낫지 않겠냐?"

"회유요?"

"그래. 그 사람들도 다 가정이 있는데 그냥 나가라고 하면 순순히 나가겠니? 요즘 직장 구하기 힘들잖아. 그런데 아무런 대책도 없이 누가 나가고 싶겠냐?"

"그렇기는 해도……."

"일대일 면담을 해봐. 해서 웬만하면 네 사람으로 만들어. 정 아니다 싶으면 나한테 이야기하고."

"형 바쁜데 내 일까지 신경 써줄 수 있어요?"

"그래, 너도 내 동생이니 한 번은 봐줄게."

"고마워, 형! 참, 아버지가 한번 만났으면 하셔요."

"왜? 농장이 만들어지면 사료는 백두사료 것 쓸 건데."

"그게 아니라 형이 콩고민주공화국 건설 사업의 총괄 책임자라면서? 우리 백두화학도 참여하고 싶으신 것 같아요."

"그래, 알았어. 한번 뵙지. 곧 찾아뵐게."

"고마워요, 형."

경빈은 진심을 담아 고개 숙였다.

마약 때문에 세정파로부터 협박 받던 시절엔 죽고만 싶었다. 그런데 그 골치 아픈 일을 해결해 줬다. 그리곤 평생의 로망이었던 이수연과의 만남도 현수 덕분이다.

아버지와의 관계도 현수 덕분에 급상승했다.

실수를 해도 현수와 가까이만 지내면 웬만하면 봐준다니 매일 통화하고 싶은 사람이다.

물론 너무 바쁘거나 외국에 있어서 그럴 순 없겠지만.

아무튼 조경빈은 현수를 무조건 따르기로 했다.

아버지 말대로 가까이만 있어도 그 후광 덕분에 3대는 먹고살 수 있을 것 같기 때문이다.

쿵쿵쾅쾅! 쿵쾅! 쿵쾅! 빤빠라! 빠라빠라! 빤빤빤! 쿵쿵! 쾅쾅!

항상 느끼는 거지만 클럽의 음악 소리는 너무 크다.

현우와 경빈, 그리고 현수가 찾은 이 클럽은 요즘 젊은이들이 즐겨 찾는 나이트클럽이다.

이곳의 특징은 정장이 아니면 입장 불가이다.

넥타이는 생략 가능하지만 남자는 재킷을 걸쳐야 하고, 여자들도 심한 노출은 입장 불가이다.

그래놓곤 고품격 놀이 공간이라고 선전한다.

"조금 조용한 룸으로 가자. 너무 시끄럽네."

"네, 형!"

현우가 다가오던 웨이터에게 뭔가를 이야기하자 따라오라

는 듯 손짓을 한다.

그러는 사이에도 요란한 음악 소리가 귓전을 울린다.

"클럽에 와서 좋은 적 별로 없는데."

"뭐라고요?"

바로 곁에 걷던 경빈이 귀를 가까이 대며 반문한다. 음악
소리 때문에 안 들린 것이다.

"아냐, 아무것도."

신경 쓸 것 없다는 뜻으로 손사래를 쳐 주고는 웨이터의 뒤
를 부지런히 따라갔다.

그렇게 하여 안내받은 룸은 2층 모서리에 위치해 있었다.

"자아, 여깁니다."

문을 활짝 열고 허리 숙인 웨이터 옆으로 일행이 들어갔다.
ㄷ자형 소파와 탁자가 있고, 노래방 기계가 보인다.

구석엔 화장실도 있다.

셋이 착석하자 경빈이 나서서 주문한다.

"형, 양주랑 맥주 조금 시켰어요."

"그래, 잘했어. 마시고 싶은 것 있으면 더 주문해도 돼."

이때 경빈은 휴대폰을 들여다본다.

"하하! 네. 아! 생파하고 처형 왔나 봐요."

"그래, 내려가서 잘 모시고 와."

"네, 형!"

경빈과 현우가 나간 사이에 웨이터가 들어와 깔끔하게 세팅해 놓는다. 나가려는 걸 불러 팁을 줬다.

전부 파트너가 있으니 부킹 염려는 하지 말라고 했다.

대신 일행 중 누구라도 밖에 나가면 잘 보고 있다가 문제 발생 시 즉각 연락해 달라고 했다.

웨이터는 웃는 낯으로 고개를 끄덕이고는 밖으로 나간다.

"휴우! 오늘은 별일 없어야 할 텐데. 클럽에만 오면 문제가 생겨서. 그나저나 주영이 이 녀석도 이런 데 올까? 가만, 전화 한번 해보자."

생각난 김에 민주영에게 전화를 걸었다.

"그래, 나다. 이 시각에 웬일로 전화를 다 했냐?"

"이 실장님과 데이트 중이냐?"

"그래, 지금 팔짱 끼고 오붓한 시간 보내는 중이다."

"그래? 근데 너네는 나이트클럽 뭐 이런 데 안 다니냐?"

"나이트? 그런덴 잘……. 난 춤을 잘 못 추거든."

"나 지금 나이트클럽에 있다. 이 실장님이랑 놀러 올래?"

"지금? 정말?"

"그래. 김수진 씨랑 이지혜 씨도 남자친구 데리고 오라고 해. 비용은 내가 낼 테니."

"정말이냐?"

"내가 언제 농담만 했냐?"

"오케이! 너 지금 어디 있는데?"

"응, 여긴⋯⋯."

현수가 위치를 설명하자 주영이 열심히 따라서 말을 한다. 곁에 있는 이은정 실장이 메모하고 있는 모양이다.

"새로 뽑은 직원들도 전화해서 올 수 있으면 오라고 해."

"오케이! 다 연락해 보고 전화해 줄게."

"아냐. 전화하지 마. 여기 시끄러워서 못 들을 수도 있으니까 문자로 넣어줘."

"그래. 오늘 네 덕에 나이트클럽이란 델 구경하게 됐구나."

주영과의 통화가 끝나도록 현우와 경빈은 올라오지 않았다.

"흐음, 곽 대리님하고 유민우 씨도 오라고 할까? 좋아, 생각난 김에 전화해 보자."

"어! 김 전무, 이 시각에 웬일이야?"

"지금 어디서 뭐하세요?"

"나 지금 회사. 아직 업무가 남아서."

"에구! 고생하시네요. 근데 사수, 여기 역삼동에 있는 나이트클럽인데 유민우 씨랑 놀러 올래요?"

"나이트? 커어! 그거 듣기만 해도 기분 좋아지는 소리네. 잠깐만! 어이, 민우 씨! 현수가, 아니, 김 전무님이 역삼동 나이트클럽에 있다고 놀러 오라는데 갈 거야?"

"……!"

"환영이라네. 알았어. 여기 금방 정리하고 갈게."

"올 때 더 데려올 사람 있으면 데리고 와도 돼요."

"정말? 그렇지 않아도 우리 자재과에 이번에 두 명 충원되었는데 물어봐서 간다고 하면 데리고 갈게."

"하하, 네."

사수였던 곽인만 대리와의 통화가 끝났지만 현우와 경빈은 여전히 들어오지 않는다.

"참, 창호 형도 봐야 하는데. 전화 한번 해보자."

번호를 찾아 누르니 호쾌한 음성이 들린다.

"여어! 국민전무께서 이 시각에 웬일로 전화를 다 주십니까?"

"왜긴요. 형 얼굴 보고 싶어서지. 형, 뭐해?"

"뭐하긴 국민전무께서 주신 일감 마무리 작업하는 중이시다. 왜? 일이 얼마나 진척되었나 궁금해서?"

"아뇨, 형. 나 지금 나이트클럽에 있는데 머리 식히러 오실래요? 형네 사무실 직원들도 온다고 하면 다 데리고 오세요. 오늘은 제가 쏠게요."

"정말? 오우, 그거 듣던 중 반가운 소리다. 나이트클럽이라니… 대학 졸업하고 처음 들어보는 소리다. 좋아, 어디에 있는 클럽인데?"

"네, 여긴……."

현수는 상세히 장소를 알려주었다. 통화를 마칠 무렵 문이 열리고 현우 일행이 들어선다.

"어머! 김 전무님! 그동안 안녕하셨어요?"

가장 먼저 허리를 숙인 이는 이수연이다.

"하하, 네. 수연 씨도 잘 있었지요? 경빈이 저 녀석이 잘해 줘요? 만일 못되게 굴면 말씀만 하세요. 아주 흠씬 패드릴 테니까요."

"호호! 네. 든든한 오빠 같네요."

수연이 입을 가리고 교소를 터뜨릴 때 수정이 다가온다.

"그동안 안녕하셨지요?"

"그럼요. 수정 씨는 요즘 어때요? 요즘도 비행하면서 아무 것도 못 먹어요?"

"아뇨. 웬일인지 요즘은 먹어도 별 지장이 없어요."

"자자, 이럴 게 아니라 일단 자리에 앉읍시다."

현수의 말에 따라 자리에 앉는다. 현수가 중앙에, 현우 커플은 오른쪽에, 경빈과 수연은 왼쪽에 앉게 되었다.

각기 원하는 술을 한 잔씩 따르고는 오랜만에 뭉쳤다며 다 같이 원샷을 했다.

현수는 양해를 구하곤 밖으로 나와 웨이터를 찾았다. 마침 주문을 받고 어디론가 바쁘게 하는 모습이 보인다.

"저기요."

"네, 사장님!"

"일행이 더 올 거예요. 그래서 룸이 더 필요해요."

"아, 그래요? 몇 분이나 더 오시는지요?"

"지금 저희가 쓰는 방만 한 걸로 세 개 더 부탁드릴게요."

"세 개씩이나 더 필요하신 겁니까?"

"네, 가까운 곳으로 부탁드리고요, 그 방에서 무엇을 먹고 마시던 모든 계산은 제가 할게요."

"알겠습니다. 방 세 개 더 준비하고 계산은 사장님이 하시는 걸로 접수되었습니다."

"네, 맞습니다."

웨이터는 기분 좋게 웃으며 물러났다.

다시 룸으로 되돌아와 몇 잔의 술을 더 마실 즈음 문이 열린다. 그리곤 투피스 정장을 곱게 차려입은 권지현이 들어섰다.

"누구……? 아, 형수님이시구나! 어서 오십시오, 형수님! 이현우라 합니다."

"아, 네."

"형수님, 저는 조경빈이라 합니다. 정말 미인이시네요."

"호호! 고마워요."

"이쪽은 제 여자친구 이수연입니다. 아시죠?"

"어머! 이수연 씨요? 텔레비전에서 많이 뵙는 분이네요. 반가워요. 권지현이에요."

"네, 앞으로 언니라 부를게요. 근데 정말 미인이세요."

"호호! 고마워요."

"저는 수연이 언니인 이수정이에요. 여기 있는 현우 씨 여친이에요. 만나서 반가워요."

"네, 반가워요."

앞에 있는 네 명을 뚫고 들어온 지현을 맞이한 현수는 환한 웃음을 지었다.

"어서 와. 찾느라 힘들었지?"

"아뇨. 이 방 찾는다니까 웨이터가 친절하게 문 앞까지 안내해 줘서 어려움 없었어요."

지현은 다소곳한 모습으로 현수 곁에 앉았다.

"우와! 형님, 그리고 형수님, 두 분 정말 잘 어울려요."

경빈의 말에 모두 저도 모르게 고개를 끄덕인다.

"하하, 녀석들! 입에 침이나 발라라."

"어머, 아니에요. 정말 잘 어울리는 선남선녀 한 쌍이에요. 근데 결혼은 언제 하세요?"

수연이 무심코 물은 말이다. 방송 활동 하느라 바빠서 아직 인터넷에 뜬 현수와 지현의 결혼 소식을 모르는 모양이다.

"이번 크리스마스이브에 우리 결혼합니다."

"어머! 정말요? 와, 크리스마스이브가 결혼기념일이 되는 거네요? 정말 로맨틱하다."

수정이 가장 먼저 감탄사를 터뜨린다.

"형, 정말이에요?"

"그래. 광장동 성당에서 한다. 오후 다섯 시에 하니까 꼭 와라."

"아유! 당근이지, 형! 진짜 축하해."

"형님, 저도 진심으로 감축드립니다."

"에구, 진심으로 감축이 뭐냐? 너 요즘 사극 보지? 인마, 그 것 좀 그만 봐. 감축이 뭐냐, 우리 나이에?"

"크크! 형, 그건 아마 처제가 사극에 출연해서 그럴 거예요. 요즘 시청률이 두 번째로 높은 세종실록지리지에 출연하거든요. 저 녀석 그걸 보고 또 보고 그러고 있어요."

현우의 말에 현수는 얼른 수연에게 사과했다.

"아, 그래? 에구, 미안합니다, 제수씨. 제가 주로 외국에 있어서 거기 출연하는지 몰랐습니다."

"어머, 아니에요. 제가 경빈 씨에게 모니터링을 부탁해서 그래요. 현우 오빠, 아니, 형부! 나중에 두고 봐요."

"에쿠, 무서라! 수정 씨, 집에 가면 처제 좀 어떻게 해줘."

"호호, 알았어요. 어이, 거기 요즘 잘나가는 무수리!"

"어허, 무수리라니? 무엄하다. 어느 안전이라고 감히! 나는 세종대왕의 부인인 신빈 김씨가 될 사람이네."

"하하! 하하하하!"

수연의 사극 톤 대꾸에 모두 박장대소한다.

"저도 그 드라마 즐겨 봐요. 수연 씨, 연기 정말 잘해요. 어쩜 그렇게 자연스럽게 하죠? 평상시 쓰는 말투도 아닌데."

지현의 말에 수연이 얼른 고개를 조아리며 사극 톤으로 말을 한다.

"에구, 여기서 연기 이야길 하시면 어찌하옵니까? 제 연기는 현수 오라버니 연기에 비하면 그야말로 새 발의 피이옵니다, 마마! 그리고 아니 그렇사옵니까, 국민배우 전하?"

"에구!"

어찌 무슨 뜻인지 모르겠는가! 현수는 남세스러워 당혹성을 냈다. 하지만 나머지는 모두 박장대소한다.

"하하! 하하하하!"

"말 나온 김에 여쭙겠사옵니다. 제 소속사 사장님이 말씀하시길, 국민배우 김현수 전무 전하를 잡는다면 천금을 희롱할 수 있다 하셨사옵니다. 하여 혹시 계약하실 마음이 있느냐고 여쭤보라 하셨는데 의향이 있으신지요?"

"에구!"

현수는 또 한 번 남세스런 마음에 당혹성을 낸다. 하지만 나머진 여전히 재미있는지 모두 환히 웃고 있다.

"형님, 사극 톤으로 대사를 하십시오. 그래야 맞습니다."

여전히 고개를 조아리고 있는 수연을 본 경빈의 말이다.

"허험! 그럼 말씀드리겠소이다. 본인은 연기에 뜻이 전혀 없으니 계약은 어렵겠다고 전해주시오."

"하면 그렇게 보고 드리겠사옵니다, 전하."

"크크크! 크크크크!"

모두 또 한 번 자지러진다. 수연의 천연덕스런 연기 때문이다. 그 덕분에 꿰다 놓은 보릿자루같이 동떨어질 것만 같던 지현까지 자연스럽게 어울리게 되었다.

"자자! 모두 한잔하자!"

"네, 형님!"

모두의 잔이 채워지자 현우가 입을 연다.

"현수 형과 권지현 형수님의 원만한 성생활을 위하여!"

"호호! 위하여!"

"크크! 위하여!"

"키킥! 원만한 성생활이래. 뭐가 원만인데? 아무튼 위하여!"

"……!"

지현은 얼굴이 빨개진 채 고개를 숙이고 있다. 그러거나 말거나 모두 원샷한다.

"너희도 내년쯤엔 결혼해라."

"네, 형. 하루라도 빨리 해서 애기 낳을게요. 나중에 우리 사돈 맺어요."

현우의 말에 경빈도 끼어든다.

"형, 나랑도 나중에 사돈 맺어요. 우리 모두 신부들이 꽃처럼 예쁘니까 애들도 예쁠 거예요. 안 그래요?"

"어머! 난 아직 시집도 안 갔는데 벌써 우리 애가 결혼을 해요? 치, 난 결혼 안 할래요. 아직 꽃다운 날 할망구로 만들다니. 쳇!"

수연이 짐짓 토라진 척하자 현우가 웃는다.

"헐! 큰일이다, 경빈아. 너 노총각으로 죽을 모양이다. 크으! 축하한다. 하하하!"

또 한 번 웃음소리가 진동한다. 그렇게 즐거운 시간이 흐르고 있다.

찌지이잉—! 찌이이잉—!

"여보세요."

소파와 소파 사이 탁자에 있던 전화기에서 소리가 나자 현수가 이를 받았다.

"사장님, 아까 말씀하셨던 일행 분들께서 도착하셨습니다."

"아! 알았어요. 금방 나갈게요."

"응? 어디 가요?"

"회사 사람들 불렀어. 여기서 놀라고. 나 잠시 나갔다 올게. 지현 씨는 나랑 같이 나가."

"네."

지현은 찍소리 않고 현수의 뒤를 따랐다.

"어이구, 이게 누구신가! 반가워."

"안녕하세요, 선배님?"

"그래, 민우 씨도 잘 있었지?"

"그럼요. 참, 여긴 우리 자재과 신입들이에요. 이쪽은 신민아 씨고, 여긴 차애련 씨예요."

"자재과에선 인물 위주로 뽑은 모양이네요. 두 분 모두 굉장한 미인이십니다."

"어머! 감사합니다."

신민아가 먼저 환히 웃는다.

"전무님도 미남이세요."

차애련의 말이다.

"아무튼 반가워요. 자자, 여기서 이럴 게 아니라 들어가요."

웨이터의 안내를 받아 룸에 들어간 현수는 일행에게 지현을 소개했다. 모두 굉장한 미인이라며 칭찬이 자자하다.

막 한 잔을 들이켰을 때 웨이터가 들어온다.

"사장님, 말씀하신 분이 또 오셨는데요."

"아! 그래요? 사수, 여기서 놀아요. 손님이 와서 나가봐야 하니까요. 민우 씨, 오늘 계산은 내가 하니까 마음껏 즐겨. 알았지? 신민아 씨와 차애련 씨도 재미있게 놀구요."

"네, 전무님!"

두 아가씨 모두 상당한 미인이다. 보아하니 유민우를 사이에 두고 쟁탈전을 벌이는 것 같다.

그럼 당연히 지원사격을 해야 한다.

"유민우 씨, 내가 민우 씨 눈여겨보고 있는 거 알지? 파이팅 해! 언젠가는 높은 자리로 끌어줄 테니."

"핫! 네, 선배님! 충성을 다하겠습니다!"

민우의 허리가 직각으로 꺾인다.

"에이, 나도 저 녀석 밑에서 직원 할걸. 괜히 사수를 해가지고 난 쳐다보지도 않네."

곽 대리가 투덜거리는 소리를 들으며 현수는 밖으로 나갔다.

"어! 여기!"

"네, 형!"

건축설계사무소를 운영하는 한창호가 사람 좋은 웃음을 지어 보인다. 그의 뒤에는 대여섯 명의 사내가 있다.

"근데 인원이 좀 많다. 괜찮냐?"

"얼마든지요. 웨이터 아저씨, 이분들 다 들어갈 룸 있죠?"

"네, 따라오십시오."

웨이터의 안내를 받아 간 룸은 엄청 컸다. 40명은 들어가서 놀아도 무방할 정도이다. 왜 이렇게 큰 방이냐고 물었다.

"저분들 말고 화장실에 가신 분들도 꽤 있어요."

설계사무소 직원 모두를 끌고 온 모양이다.

"요즘 네가 준 일 때문에 모두 야근하고 주말도 반납했다. 건축주가 한잔 산다니까 모두 따라오더군."

어찌 무슨 뜻인지 모르겠는가!

"하하, 그럼요, 형! 오늘 계산, 진짜로 내가 할 테니 모두 즐겁게 놀아요."

"오냐! 넥타이 풀고 진탕 마셔주마! 핫핫핫!"

한창호가 사람 좋은 미소를 짓는다. 이때 웨이터가 또 온다.

"사장님, 한 팀이 더 오셨는데요."

"아, 그래요? 형, 손님이 왔다네."

"에구, 여기서도 일이냐?"

"아냐. 우리 회사 직원들 좀 불렀어. 가서 룸 정해주고 올게. 그동안 마셔. 참, 형은 조금 덜 마셔. 조금 있다가 할 말 있으니까."

"그, 그래? 알았다."

웨이터를 따라가 보니 민주영과 이은정, 김수진과 이지혜, 그리고 그녀들의 남자친구 둘과 새로 뽑은 직원 넷이 꿔다 놓은 보릿자루처럼 복도를 서성이고 있다.

"사장님!"

"왔어요? 아, 두 분은 구면이네요. 잘 지내셨죠? 그리고 이 분들이 새로 뽑은 신입사원들인가요?"

"네. 얘는 아시죠? 임소희, 그리고 이쪽은 장은미구요, 얘는 최미애, 그리고 얘는 전혜숙이에요."

소개할 때마다 여직원들이 고개를 숙여 인사한다.

보아하니 모두 이은정 실장의 친구이거나 같은 대학 같은 과 동기들인 듯싶다.

서로 친분이 있다면 나쁠 것도 없다 싶다.

"아! 반갑습니다. 앞으로 잘 부탁드립니다."

"네, 사장님. 반갑습니다."

"자자, 여기서 이럴 게 아니라 방으로 갑시다."

현수의 말이 끝나기가 무섭게 웨이터가 룸의 문을 연다. 이번엔 20명쯤은 놀 수 있을 만한 공간이다.

"즐거운 시간 보내십시오."

주문한 술과 안주의 세팅을 마친 웨이터가 물러나며 한 말이다.

"자, 이제 소개할게요. 이쪽은 이번 크리스마스이브에 나와 결혼할 권지현 씨입니다."

"아! 제수씨, 안녕하세요? 민주영이라 합니다. 그건 그렇고, 인터넷에서 봤다. 축하한다. 이러고도 우리가 친구냐?"

주영은 미리 말해주지 않아 살짝 삐친 모양이다.

"미안하다. 어쩌다 보니 그렇게 되었다. 이해해라. 이 실장님, 그리고 김수진 씨, 이지혜 씨에게도 미리 말 못해 미안합니다."

"괜찮아요. 근데 어디서 식 올려요?"

"저희는 부르실 거죠?"

"그럼요. 광장동 성당 오후 다섯 시입니다."

"그날 화요일인데 어쩌죠?"

이은정 실장의 말에 주영이 대꾸한다.

"어쩌긴, 오너 결혼식이니 당연히 휴무지. 대신 결혼식 준비를 도와줘야지."

이은정 실장이 정말 그래도 되느냐고 바라본다.

"특별한 일 없으면 그러세요."

"네."

"자, 오늘 이곳엔 우리만 있는 게 아니라 제가 아는 여러 분이 계십니다. 모두 다른 룸에 있어요. 그래서 자주 자리를 비울 겁니다. 양해해 주세요."

비교적 낯이 선 수진과 지혜의 남친, 그리고 신입사원들에게 한 말이다.

"오냐. 마음대로 드나들어라. 우린 실컷 퍼마셔 주마."

"하하! 그래, 정말 마음대로 해. 이 실장님, 정말 그래도 되니까 오늘은 마음 안 써도 돼요."

짠순이의 모델이라 한 말이다.

"네."

"자아, 그럼 놀아보세."

민주영이 짐짓 너스레를 떨며 자리에서 일어난다. 이때 웨이터가 들어와 술과 음료, 그리고 안주들을 세팅했다.

이윽고 각자의 잔에 술이 채워진다.

"자아, 우리 사랑하는 국민전무 김현수와 권지현 제수씨의 결혼을 축하하며 한잔합시다!"

"두 분 행복하세요!"

모두가 잔을 비우자 현수는 잠시 자리를 비웠다.

"조 대리님, 지금 뭐하세요?"

"어머, 전무님! 이 시각에 웬일이세요? 술집이에요?"

조인경 대리가 반색하며 전화를 받는다.

"조 대리님, 소개해 주고 싶은 사람이 있는데 한번 만나보시겠습니까?"

"네?"

갑자기 무슨 소리냐는 듯 대답이 짧다.

"제가 좋아하는 형이 있어요. 조 대리님과 마찬가지로 S대를 나와 설계사무소를 운영하는 건축사예요."

"건축사요?"

조 대리의 저도 모르게 한 반문에 현수는 말을 이어갔다.

"네, 아주 전도가 유망한 건축사예요. 집안도 빵빵하구요. 키도 크고, 잘생겼어요."

"치, 집안도 좋고 키도 크고 잘생긴데다 건축사라구요? 그 사람, 뚱보 아니면 대머리지요?"

"아닌데요. 정말 괜찮은 사람입니다. 제가 소개해 주고 싶은데 한번 만나보실래요?"

"지금요?"

"네, 지금 형이랑 같이 있거든요. 여긴 역삼동에 있는……."

현수는 재빨리 장소를 설명해 줬다. 그리곤 뭐라 하기 전에 서둘러 전화를 끊었다.

"휴우~! 하마터면… 응…"

전화를 끊고 무심코 돌아서던 현수의 눈에 낯이 익은 사람이 보인다. 그는 누군가와 대화를 하는데 보아하니 아랫사람에게 뭔가를 지시한다.

역삼동 일대를 장악하고 있는 세정파의 유진기이다. 그 앞에 서 있는 자는 한눈에 봐도 조폭이다.

'저런 자식들이 아직도……'

현수가 그간 세정파의 일을 까맣게 잊고 있었음을 깨닫는 순간 이경천 검사의 이름이 생각난다. 세정캐피탈의 이중장부를 복사해서 보냈는데 결과가 어찌 되었는지 궁금하다.

"흐음, 내일은 확인해 봐야겠군. 유진기 너, 오늘 운 좋았다. 내가 기분이 좋아서 하루는 봐준다."

현수는 지현이 있는 룸으로 되돌아갔다. 그리곤 즐거운 한때를 보냈다.

CHAPTER 05
진짜 결혼해요?

　딩동—!

　문자 왔다는 신호음에 화면을 보니 조인경 대리가 보낸 것
이다.

　—저, 입구에 당도했어요!

"지현 씨, 나 잠깐 나갔다 올게. 조금만 기다려."

"네."

　현우와 경빈이 노는 방에 지현을 남겨둔 현수는 서둘러 입

구로 내려갔다.

"여기요!"

"아, 어서 와요."

"진짜 좋은 사람 소개시켜 주는 거죠?"

"그럼요. 자, 따라오십시오."

현수는 조인경 대리를 또 다른 룸으로 안내했다. 그곳엔 혹시 얼굴이 붉어졌나 하고 확인하는 한창호 건축사가 있었다.

"자, 이쪽은 제가 좋아하는 형, 한창호 건축사 사무소 소장입니다. 형, 이쪽은 우리 회사 최고 미녀 조인경 대리예요."

"아! 어서 오십시오. 반갑습니다. 한창홉니다."

한창호는 눈이 번쩍 뜨일 만큼 아름다운 조인경 대리를 보는 순간 넋이 나가 버렸다. 다시 말해 뇌쇄되었다.

그래서 평소의 여유를 잃고 이렇게 허둥지둥한다.

"아, 네. 조인경이에요."

조 대리는 평소의 음성이 아니다.

훤칠하고 잘생긴 미남인데다 음성마저 부드럽다. 본인은 느끼지 못하고 있었지만 한창호는 평소 그녀가 꿈꾸던 이상형이다.

부드럽고 자상하며, 미남에다 성격 좋고, 두뇌 뛰어나고 유머 감각 있는 사내를 만나길 원했다.

키도 조금 컸으면 좋겠고 뚱뚱하진 않았으면 했다.

전엔 현수가 이 조건에 부합되었다. 그런데 눈앞의 사내 또한 아주 괜찮아 보인다. 그 순간 여우 본능이 드러난 것이다.

그래서 평소와 다른 가녀린 음성으로 대꾸한 것이다.

"형, 잠깐 있어요. 가서 지현 씨 데리고 올게요."

"응? 그, 그래!"

말을 마친 현수는 서둘러 지현을 데리고 왔다.

"지현 씨, 이쪽은 우리 회사 사장 비서실에 근무하는 조인경 대리야. 조 대리님, 이쪽은 이번 크리스마스이브에 저와 결혼하게 될 권지현이에요."

"반가워요. 권지현이에요."

"아, 그래요? 조, 조인경입니다."

조 대리는 저도 모르게 평소의 음성을 냈다.

천지건설의 호프인 김현수 전무이사가 권철현 서울고등검찰청 청장의 외동딸인 권지현과 크리스마스이브에 결혼한다는 인터넷 기사를 보았다.

하여 회사 안에 상당히 많은 루머가 나돌았다.

하지만 조 대리는 이걸 헛소문이라 생각했다. 현수가 강연희 대리와 교제하는 것으로 알고 있었기 때문이다.

그래서 패배감에 이를 악물었다. 강연희 대리와 자신을 비교했을 때 조금도 꿇리지 않다 생각하고 있었기 때문이다.

그런데 그 김현수가 다른 여자랑 결혼한다고 한다. 그리고 보니 엄청난 미인이다.

"전무님, 진짜 이분과 결혼해요?"

"그럼요. 크리스마스이브에 합니다. 제 결혼식에 올 거죠?"

"그, 그럼요. 당연하죠. 사장님도 가실 텐데."

조인경 대리는 상당히 당황한 듯 말을 빨리한다.

"형, 알다시피 오늘 여기에 내 손님 많은 거 알지?"

"그, 그럼!"

"형한테 우리 조 대리님 맡기고 가도 되지? 이따가 신사답
게 집까지 에스코트해 드려야 해. 조 대리님은 우리 회사 최
고의 미녀니까 소중하게. 알았지?"

"그럼. 걱정 마라. 알아서 잘 할게."

"조 대리님, 우리 형 꽤 괜찮은 남자예요. 여기서 진지한
대화를 나누라고 하기엔 좀 그렇지만 하여간 대화 좀 나눠
봐요."

"네, 그, 그럴게요."

어느새 조인경 대리의 시선이 한창호 쪽으로 자주 옮겨간
다. 현수는 이제 품절남이다. 하지만 꽤 괜찮아 보이는 한창
호는 아직 아니다. 하여 관심을 가져 보려는 것이다.

"지현 씨, 우린 이제 나가요."

"네."

현수와 지현이 나가자 조인경 대리와 한창호의 탐색전이

시작되었다. 상대에 대해 최소한만 아는 상황인지라 서로가 알아가는 시간이 필요하다.

이날 현수는 상당히 많은 지출을 했다. 하지만 하나도 아깝지 않았다. 좋아하는 사람들이 함께 즐거운 시간을 가진 때문이다. 그리고 이런 시간은 다시 갖기 어렵기 때문이기도 했다.

*　　　*　　　*

"아이고, 얘야! 어젯밤에 이웃집에 괴한이 침입해서……."

밤늦게까지 클럽에서 놀다 들어온 현수는 오랜만에 깊은 잠을 잤다.

권지현과 강연희, 그리고 이리냐, 이렇게 세 여인을 어찌하나 하는 문제와 이들과의 결혼을 허락받는 일은 그동안 마음을 무겁게 하던 것이다.

그런데 모든 것이 말끔하게 정리되고 나니 너무도 후련하여 과음을 했다. 하여 귀가 즉시 곯아떨어졌다.

그리고 아침에 일어나 북어국을 먹는데 곁에 앉은 어머니는 어젯밤 이웃집에서 일어난 일을 이야기하신다.

내용을 요약하면 아래와 같다.

어젯밤, 그러니까 2013년 10월 21일 새벽 두 시 무렵, 바로 옆집에 괴한 둘이 침입했다.

이들은 잠들어 있던 노부부를 흉기로 위협하여 깨웠다. 그리곤 곧바로 납치를 시도했다.

승합차에 태워 노부부를 데리고 가던 이들은 워커힐 조금 못 미친 지점에 둘을 내려놓고 가버렸다.

노부부는 마침 지나치던 순찰차를 불러 세웠고, 상황을 이야기했다. 경찰들이 들이닥쳐 수색을 했지만 아무런 증거도 없다. 모두 장갑을 끼고 있었기에 지문도 남지 않았다.

도대체 누가 어떤 목적으로 노부부를 납치했으며, 그렇게 끌고 가다 왜 중간에 내려줬는지 궁금하다.

노부부는 아들의 이름을 대라는 괴한들의 물음에 아들은 없고 딸만 셋이라고 대답했다고 한다. 그러자 진짜 아들이 없느냐고 물었단다.

없다고 하니 그대로 내려놓고 사라진 것이다.

별 미친놈들 다 봤다는 생각을 하던 현수는 숟가락질을 멈췄다. 부모님을 노린 것일 수도 있다는 생각을 한 것이다.

'지나 놈들이 내게 원한을 품고? 흑룡이라고 했던가? 흐으음, 뭔가 대책을 세워야 한다는 거군.'

서둘러 식사를 마친 현수는 다이어리를 펼쳐 들었다. 그리곤 같은 일이 반복되지 않도록 대책을 강구했다.

가장 먼저 인간보다 감각이 예민한 개를 구할 생각이다. 마당에 풀어놓으면 침입자도 쉽지 않을 것이다.

하여 경비견으로 적합한 개들을 인터넷으로 검색해 보았다.

러시아의 코카시안 셰퍼드, 터키의 캉갈 독, 로트와일러, 셰퍼드, 티벳탄 마스터프, 아메리칸 핏불테리어, 도베르만 핀셔, 이탈리아의 카네코르소 등이 적합하다고 올라와 있다.

값이 비싼 건 문제되지 않지만 덩치가 너무 크거나 폐사율이 높다는 등의 문제가 있다.

'흐음! 그럼 진돗개를 키워?'

진돗개 역시 경비견으로 훌륭하다는 기사를 보았다.

'침입자는 지나에서 파견한 첩보원일 확률이 매우 높다. 놈들은 칼은 물론이고 권총으로 무장하고 있을 수도 있지. 그럼 일반적인 경비견은 감당해 낼 수 없어. 훨씬 더 용맹하고 사나워야 해. 호랑이나 늑대처럼. 아! 맞다. 그 녀석이 있었지?'

덕항산에서 상처 입은 늑대를 치료해 준 바 있다. 녀석은 자신을 구해줘 고맙다는 뜻으로 멧돼지를 사냥한 놈이기도 하다.

'잘 있나 모르겠군. 일단 한번 가보자.'

현수는 옥상으로 올라갔다.

"좌표 확인부터 하고. 좋아! 텔레포트!"

샤르르르릉—!

현수의 신형이 안개처럼 스러진다.

"어디 갔나?"

덕항산 동굴에 당도한 현수는 주변을 둘러보았다. 녀석이
이곳에 둥지를 틀었는지 여기저기 먹다 남은 뼈다귀들이 보
인다.

"와이드 센스!"

초감각 마법을 구현시켜 주변을 살펴보았다. 하지만 쥐새
끼 한 마리 걸려들지 않는다.

"아주 이 근처를 씨를 말려 버린 모양이군. 하긴 배가 몹시
고플 테니."

나직이 중얼거린 현수는 아공간의 돼지고기와 닭고기 남
은 양을 체크했다. 여전히 많은 양이 남아 있다.

"흐음, 기다리는 수밖에."

기왕 이곳에 왔으니 작업이나 하자는 생각을 한 현수는 습
관처럼 결계를 쳤다.

"앱솔루트 배리어!"

결계 안쪽에 자리 잡고는 또 한 번 마법을 구현시켰다.

"타임 딜레이!"

다음은 아공간에 담겨 있는 마나 집적진이다. 이를 가동시

키자 덕항산 인근의 마나를 빨아들이기 시작한다.

편안한 자세로 그 위에 앉아서는 드래곤의 용언 마법과 멀린의 인간 마법 비교 작업을 시작했다.

수많은 도형이 그려졌고, 엄청난 계산이 이루어졌다. 단순 계산은 공학용 계산기를 꺼내 결과를 산출해 냈다.

인간의 마법과 드래곤의 마법은 근본부터가 다르다.

인간은 마나를 수식으로 제어하여 마법을 썼고, 드래곤은 강력한 의지력을 이용했다.

마나를 다루고 그 마나를 배열한다는 것 자체는 같지만 상당히 많은 차이가 있다. 이것들의 접점을 찾는 일은 결코 쉬운 일이 아니다.

하지만 전능의 팔찌 안쪽에 새겨진 브레인 리프레시 마법 덕에 아이큐가 200을 넘은 현수에겐 불가능한 일이 아니다.

인간 세상의 어느 누구보다도 명석한 두뇌로 두 마법 간의 차이점을 찾고 접점을 강구해 내기 시작했다.

그 결과 비교적 간단한 저서를 마법은 용언 마법처럼 구사가 가능하게 되었다. 나머지도 차츰 정복될 것이다.

상당한 시간 동안 마법에 몰두했으니 몸을 풀어줘야 했다.

현수는 결계 안에서 그간 익힌 검법과 체술을 수련했다. 바디 체인지 이후 웬만한 수련으로는 땀을 흘리지 않는다.

더위와 추위를 극복한 그 몸 전체가 땀으로 흠뻑 젖을 정도로 강력한 수련을 거듭했다.

가장 큰 도움은 드래고니안 마을에서 있었던 소드 마스터들과의 대련이다. 그때의 기억을 되살려 모든 검법의 파훼식을 찾아냈고, 그들을 효과적으로 제압할 검식을 창안해 냈다.

그것만으론 부족하다 여겨 아공간에 담긴 멀린의 수집품을 꺼내서 살폈다.

아르센 대륙에 있었던 거의 모든 검식이 망라되어 있기에 이 수련은 힘은 들었지만 매우 유익했다.

결계 안 수련인지라 현수는 검에 마나를 불어넣지 않았다. 만일 그랬다면 전과 크게 다른 점을 느낄 수 있었을 것이다.

이전의 현수는 소드 마스터 최상급이 분명하다. 그리고 그랜드마스터라는 경지는 넘사벽 저쪽에 있었다.

만일 검에 마나를 주입했다면 완전하진 않지만 그랜드마스터에 버금가는 강력한 검강을 볼 수 있었을 것이다.

켈레모라니가 남긴 비늘 덕분이다.

여기엔 드래곤이 무려 천 년 동안 정제해 놓은 순수 마나로 가득하다. 인간을 기준으로 보면 거의 무한대에 가까운 마나 공급력이다. 이것이 검에 주입되면 검강의 길이와 농도, 그리고 파괴력은 대폭 상승된다.

아무튼 현수는 수련에 수련을 거듭하여 검법을 더 가다듬었다. 그러는 동안 전신 세포의 활성이 이루어지고 있었다.

그동안엔 이처럼 극한에 이를 정도로 강한 수련을 한 바 없다. 그러다 전신 세포 거의 모두를 활용하는 움직임을 보이자 또 한 번 대폭발을 일으키려는 조짐을 보인 것이다.

하지만 안타깝게도 또 한 번의 바디체인지는 이루어지지 않았다. 완전한 그랜드마스터가 된 것이 아니기 때문이다.

아무튼 현수는 유사 그랜드마스터의 경지에 올랐다. 본인이 모를 뿐이다.

검법 수련을 마치고는 마법을 현실에 응용하는 방법들을 모색했다. 문득 작년에 보았던 신문 기사가 떠오른다.

생활보호대상자인 '독거노인들의 겨울나기' 라는 제목의 기사였다. 어느 추운 날, 리포터가 어렵게 사는 노인을 방문했다.

문을 열고 들어가니 방 안에 텐트가 쳐져 있다.

왜 이렇게 했느냐는 물음에 노인은 집안이 너무 추워 궁여지책으로 누군가 버린 텐트를 주워 와 쳤다고 한다.

측정해 보니 실외 온도는 2℃, 실내 온도는 4℃이다.

이런 방에서 어떻게 사느냐고 물었더니 전기장판을 보여준다. 총 열 단계로 조절할 수 있는 이것을 삼단 이상 틀어본 적이 없다고 한다. 왜 그러느냐는 리포터의 물음에 노인은 비싼 전기요금을 감당할 수 없기 때문이라고 대답했다.

하루에 딱 두 번 한 시간씩 틀어서 얻는 온기로 혹한을 견디는 중이라는 노인이다.

가정용 전기요금은 다음 같은 방법으로 요금이 부과된다.

구 분	사 용 량	kWh 당 단가
1 단계	0 ~ 100kWh	57.9원
2 단계	101 ~ 200kWh	120.2원
3 단계	201 ~ 300kWh	179.4원
4 단계	301 ~ 400kWh	267.8원
5 단계	401 ~ 500kWh	398.7원
6 단계	500kWh 초과	677.3원

신문 기사를 보면 일곱 평(23㎡) 남짓한 집에서 사는 어떤 독거노인은 매달 12,000원 정도 요금을 냈다.

영하의 날씨가 계속되면서 수도와 변기가 꽁꽁 얼자 화장실에 설치한 전기 히터를 틀었다.

그 결과 전기요금 7만여 원이 적힌 고지서를 받았다.

정부에서 지급하는 얼마 안 되는 돈 가운데 전기요금 7만여 원을 내고 나면 먹고살 일조차 막막하다는 노인의 하소연으로 기사는 끝맺음을 하고 있다.

실제로 일반 가정에서 겨울철 난방을 위해 전기장판, 또는 전기온풍기 등을 과하게 사용할 경우 60만 원을 훌쩍 뛰어넘는 전기요금 폭탄을 맞을 수도 있다.

이는 전기를 많이 쓰면 쓸수록 훨씬 더 많은 요금을 지불하도록 되어 있기 때문이다. 대한민국은 에너지 수입국이다. 그렇기에 전기 과소비를 막기 위한 방편이다.

아무튼 전기를 만드는 데 드는 비용이 점점 늘어나니 요금 또한 상승하고 있다.

혹시 마법이 도움 될까 싶어 화력발전 과정을 살펴보았다.

관건은 보일러와 터빈의 성능 개선이다.

'흐음! 보일러는 새는 열을 차단하는 실(Seal) 마법을 적용하고, 열을 더하기 위한 플라즈마 마법 정도면 도움이 되겠구나. 터빈은 구동될 때 발생되는 마찰을 최소화해 주는 그리스 마법으로 어떻게 되지 않을까?'

아직 발전기를 한 번도 본 적이 없기에 현수는 고개를 갸웃거렸다. 그러다 문득 잉가댐 수력발전 공사가 떠오른다.

제반 건설은 천지건설이 맡지만 발전 설비 설치 등은 한전에 하청을 주었다. 그렇다면 업무 협조 요청을 하여 발전 설비들을 견학하거나 움직여 볼 수도 있을 것이란 생각을 한 것이다.

내친김에 수력발전의 원리도 살펴보았다.

물의 위치에너지를 운동에너지로 바꾼 뒤 이를 다시 전기에너지로 전환시키는 것이다.

이것은 수차를 개선하면 나아질 듯싶다.

'일단은 한전 사람들을 만나보는 게 우선이겠군. 흐음, 보

다 정확한 자료를 보여달라고 해야지.'

결계를 해제하고 나와 보니 녀석이 엎드려 있다.

"어! 와 있었네?"

엎드린 채 눈알만 굴리며 현수를 바라보는 녀석은 마치 길들여진 강아지 같다.

"흐음! 어디 보자. 어이쿠! 이 녀석, 엄청 험하게 사나 보구나. 좋아, 치료해 줄게. 컴플리트 힐!"

샤르르르르릉—!

마법이 구현되자 녀석이 입은 상처들이 급속하게 아문다. 녀석은 이런 사실을 알기라도 하는지 얌전히 엎드려 있다.

그러다 치료 작용이 모두 끝나자 발딱 일어난다. 그리곤 어슬렁거리며 다가와 현수의 손을 핥는다. 자신을 치료해 준 마나가 뿜어져 나온 손이라는 걸 안다는 듯하다.

"녀석, 혼자 있으면서 심심하지 않았어?"

말이 끝나기가 무섭게 동굴 입구에 무엇인가가 나타난다. 눈앞에 있는 녀석보다는 덩치가 약간 작다.

"으르르렁—!"

"응? 네 짝이야?"

말을 알아듣기라도 하는지 늑대는 손을 핥는다.

"하하! 녀석, 능력 있네? 너! 이리로 와봐."

"크르르, 크르르르—!"

녀석이 나지막한 소리를 내자 암컷이 다가온다. 시선은 현수에게 고정되어 있다. 여차하면 달려들 기세다.

"오베이!"

샤르르릉—!

마나가 뿜어져 나가자 언제 사납게 굴었느냐는 듯 눈빛이 양순해진다.

"애니멀 커뮤니케이터(Animal Communicator)!"

동물 교감 마법이 구현되자 녀석들의 눈빛이 달라진다. 현수의 생각이 전해진 때문이다.

[나랑 같이 갈래?]

[네, 주인님!]

[너는 이제부터 나자리노라 부를게. 넌 그리셀다이고. 어때, 이름 마음에 들어?]

이것은 오래전에 보았던 영화 주인공의 이름이다. 1974년에 아르헨티나 감독에 의해 만들어진 영화이다.

아르헨티나의 전설을 영화화한 이것은 사랑에 빠지면 늑대가 되는 저주를 안고 태어난 청년 나자리노의 이야기이다.

[주인님이 지어주신 이름, 마음에 들어요.]

잘 길들여진 강아지처럼 꼬리를 살랑거리며 현수를 바라

보는 두 마리 늑대이다.

[좋아, 일단은 목욕부터 하자.]

현수는 아공간에서 아기 목욕통을 꺼냈다. 그리곤 물을 담아 히팅 마법으로 데웠다.

다음엔 개 샴푸로 두 녀석을 목욕시켰다.

현수는 어린 시절에 개를 기른 적이 있다. 그때 이후 잊고 있던 즐거움이 떠올랐기에 입가 가득 미소 지었다.

그렇게 두 녀석을 목욕시키곤 몇 가지 주의 사항을 일러주었다. 복종 마법으로 길들여진 이상 현수의 말은 반드시 지켜야 할 지상명제가 될 것이다.

"좋아, 이제 가자. 텔레포트!"

덕항산에서 곧장 우미내 집 옥상으로 이동했다. 이 층에서 아래층으로 내려가자 어머니가 깜짝 놀란다.

"에구머니나! 현수야, 그 녀석들은 웬 거냐?"

"아, 이놈이요? 오늘부터 우리 집을 지켜줄 녀석들이에요. 동물병원에 가서 예방주사 맞히고 올게요."

"그래, 그러럼! 에효, 깜짝 놀랐네."

차를 몰아 광장동 동물병원으로 향했다.

딸랑딸랑─!

문을 열고 들어서자 작은 종소리가 들린다.

왕왕! 왕왕왕왕! 왕왕! 왕왕왕왕!

새까만 치와와 한 마리가 시끄럽게 짖는다.

크르르릉―!

나자리노가 조용히 하라는 듯 소리를 내자 금방 잦아든다.

깨앵! 끄으응!

"어서 오십시오. 헉! 이 녀석들은……."

사람 좋은 미소를 지으며 나오던 수의사가 깜짝 놀라며 뒤로 물러선다. 전문가답게 한눈에 늑대임을 알아본 것이다.

"늑대 맞습니다. 근데 길들여진 녀석들이에요."

현수가 두 녀석의 털을 손으로 흐트러뜨렸지만 녀석들은 꼬리만 살랑거릴 뿐이다.

"어떻게 늑대를……? 야생 늑대는 길들이기 쉽지 않거든요."

"어쩌다 보니 이렇게 되었습니다. 참, 이 녀석들, 지금껏 한 번도 접종이란 걸 안 했습니다. 선생님께서 알아서 접종해 주십시오. 기생충도 있을 겁니다."

"그, 그래요? 이, 이쪽으로……."

수의사는 혹시나 하는 마음에 망설이는 듯하다. 늑대에 물리고 싶은 생각은 없기 때문이다.

"이 녀석들, 절대 사람을 물거나 하지 않아요. 걱정 많으셔도 됩니다. 안 그래, 나자리노, 그리셀다?"

컹컹!

워우—!

그렇다는 듯 펄쩍 뛰며 반응을 보이지만 역시 개하곤 짖는 소리 자체가 다르다.

할 수 없이 현수가 나섰다. 먼저 나자리노이다. 녀석을 진찰대에 올려놓자 수의사가 이모저모를 살핀다.

"옴과 이, 그리고 벼룩이 좀 있네요. 이 정도면 기생충도 있다고 봐야 합니다."

"네, 수의사님이 알아서 조치를 취해주십시오."

"알겠습니다. 다른 녀석도 올려주시죠."

"네."

그리셀다는 겁먹은 듯 눈의 흰자위가 많아져 있다. 현수가 붙잡고 있는 동안 수의사가 재빨리 살핀다.

"이 녀석도 비슷해요. 근데 둘 다 영양이 좀 안 좋습니다."

"좋은 거 있으면 알아서 해주세요."

"알겠습니다."

"이 녀석들 털도 다듬을 수 있는 거죠?"

"그럼요. 알아서 해드릴게요."

"그럼 부탁드립니다."

말을 마친 현수는 접대용 소파에 앉아 신문을 펼쳤다.

[너희, 발작하면 안 돼. 알았지? 얌전히 굴어라.]

[알았어요, 주인님!]

두 녀석 모두 현수를 바라보고 있다. 그리고 보니 문을 열고 들어왔을 때 심하게 짖던 치와와 녀석이 조용하다.

하여 바라보니 구석에 몸을 웅크리고 있다. 겁에 질려 오줌을 싼 모양이다.

'하하, 녀석! 그러게 왜 짖었어?'

현수는 동물병원에 거의 세 시간을 머물렀다. 목욕은 시켰지만 야생이라 그렇다. 수의사가 꼼꼼히 살펴보느라 많은 시간을 보낸 것이다.

"다녀왔습니다."

"오, 그래, 예방주사는 다 맞혔어?"

"네, 어머니. 이제 우리 집은 이 녀석들이 지켜줄 거예요."

"그래? 먹이는 뭐로 주지? 사료 사와야 하나?"

"사료를 주셔도 되고 먹다 남은 밥을 주셔도 되지만 가급적이면 생닭이나 생고기를 주세요. 이 녀석들, 늑대거든요."

"뭐, 늑대? 어머, 그러고 보니… 이 녀석들, 맞아! 동물의 왕국에서 많이 봤다."

"늑대 맞아요. 얼마 전까진 야생이었어요. 근데 지금은 아니에요. 제가 마법으로 길들였거든요."

"그, 그래? 마법으로 그런 것도 가능하니?"

"네. 그래서 그냥 풀어놔도 돼요. 길을 들었지만 야생으로 살던 습관이 어디 간 건 아니니까 땅을 팔 수도 있어요."

"……!"

"그래도 그냥 놔두세요. 집이 좁아 녀석들이 답답해할 테 니 하루에 한 번씩은 대문 열고 풀어주시구요. 지들이 알아서 들어오게 할게요."

"그, 그래."

"결혼하면 조금 더 넓은 집으로 이사 갈 거예요. 그땐 안 그러셔도 되게 할게요."

"그, 그래."

현수는 나자리노와 그리셀다를 단단히 교육시켰다.

하루에 한 번쯤 밖으로 나가더라도 절대 동네 개들을 물 어 죽이는 일이 없도록 했다. 민원이 발생될 수도 있기 때문 이다.

아차산으로 들어가더라도 산책하는 사람들을 위협하거나 공격하지 못하도록 했다.

다만 야간에 허락 없이 침입하는 자들이 있다면 얼마든지 물어뜯어도 된다고 했다. 이 대목에서 두 녀석이 이빨을 드러 낸다. 기대된다는 표정이다.

교육을 마치곤 집안을 돌아보았다. 괴한들이 침입할 만한 곳엔 마법진을 그려 넣었다.

담장을 짚고 마당으로 뛰어내릴 만한 곳의 바닥엔 섬광 마법진을 설치했다. 바닥을 딛는 순간 두 눈의 시력을 앗아갈 만큼 환한 빛이 일시적으로 뿜어져 나온다.

그러면 괴한들이 눈을 비비는 사이에 나자리노와 그리셀다가 달려들게 될 것이다.

늑대를 피해 집으로 침입하는 가장 손쉬운 방법은 유리창을 깨는 것이다. 하여 모든 유리창에 강화 마법진을 붙여놓았다.

겉보기엔 스티커 한 장 붙여놓은 듯 보일 것이다.

신문 배달원, 우편집배원, 택배원, 우유 배달원, 가스 검침원, 전기 계량기 검침원 등을 가장하여 들어올 수도 있다.

집주인이 문을 열어주었으므로 나자리노와 그리셀다는 꼼짝도 하지 않을 것이다.

이것을 대비하는 방법이 문제였다. 하지만 쉽게 해결되었다. 일전에 부모님께 드렸던 반지를 회수하여 정신 감응 마법진과 라이트닝 마법진을 그려 넣었다.

부모님이 심적으로 위기를 느끼면 번개가 뿜어져 나가도록 만든 것이다. 다만 아르셴 대륙과 달리 사람을 살상해선

안 되기에 그 정도를 조절하여 테이저건6) 수준이 되도록
했다.

"흐음, 이 정도면 되겠지?"

모든 준비를 마친 현수는 나자리노와 그리셀다에게 생닭
세 마리씩을 주었다. 그리곤 스피드를 몰고 나섰다.

"어서 와라!"

"형, 성과가 있는 거지?"

"그래, 고맙다. 잘해보마."

"치, 언제는 장가 안 간다고 하더니. 조 대리님 예쁘지?"

"그래. 진짜 예쁘더라. 텔레비전으로 보는 것보다 실물이
더 예뻐. 나중에 결혼하게 되면 양복 한 벌 해주마."

"하하! 그래."

한창호 건축사의 입가엔 만족에 찬 미소가 어려 있다. 그토
록 꿈꾸던 반려를 이제야 만났다고 생각한 때문이다.

"그나저나 웬일이냐? 일 진척 상황 때문에? 그거라면 거의
다 끝났다. 지금 영문 시방서 작성 중이야."

"빨리 했네. 그 공사 감리도 형이 맡아야 해."

"그래. 근데 그쪽 사람들이 우리가 설계한 대로 모든 걸 다
맞출 수 있을까?"

---

6) 테이저건(Taser Gun):권총형 전기충격기. 5만 볼트의 고압전류가 흐르도록 설계
되어 있는 전기총으로, 사거리가 6~7m 정도이며 대테러 및 시위 진압용 장비로 사
용. 5㎝ 두께의 직물을 투과한다.

"아마 아닐 거야. 그러니까 감리할 직원을 먼저 현지로 보내. 거기서 필요한 건축 자재가 뭔지 리스트를 작성해서 보내면 이쪽에서 배로 실어가야 할 거야."

"그래, 그게 맞는 말이다. 그렇게 하지. 근데 장기 해외 출장이라 비용이 꽤 많이 든다."

CHAPTER 06
옆에만 있어도 대박!

한창호 건축사는 오랫동안 일감이 없어서 생돈으로 사무실을 유지했다. 하여 전에 벌어놨던 돈을 거의 다 쓴 상태이다.

만일 현수가 설계 의뢰를 하지 않았다면 지금쯤 사무실을 대폭 축소하고 있을 것이다.

현수는 설계를 의뢰하면서 이런 사정을 꿰뚫어 보았다.

하여 계약 후 얼마 지나지 않아 설계비 전액을 이미 지불한 상태이다. 그럼에도 한창호의 상태는 별로이다.

그렇기에 우려 섞인 음성으로 이런 말을 하는 것이다.

"감리비도 줄 거고 장기 해외 출장비도 당연히 줄 거야. 그러니 돈 걱정은 하지 마."

"그래, 네가 그렇게 해준다니 나는 그저 고마울 따름이다."

"그나저나 형한테 또 일을 맡기려고 해."

"그래? 뭔데?"

"나 곧 결혼하잖아. 그래서 신혼집이 필요해."

"오, 그래? 그럼 내게 맡겨. 내가 아주 멋지게 뽑아줄게. 근데 부지는 어디에 있는데?"

"아직 부지 마련을 못했어. 그래서 형한테 부탁하려고."

"뭘?"

"서울은 땅값이 너무 비싸고 사람들 눈도 많으니 경기도 쪽에 땅 좀 알아봐 줘. 조금 넓었으면 해."

"얼마나?"

"흐음! 한 2만 평 정도?"

"뭐? 뭔 집이 그렇게 커?"

"집이 아니라 하나의 단지라고 보면 돼. 부모님 집, 장인어른 집, 그리고 지현이와 내가 살 집이 필요하니까."

"겨우 세 집이잖아. 근데 2만 평씩이나 필요해?"

"세 집 모두 도우미가 필요하니까 그분들이 머물 숙소도 있어야 해. 손님이 오면 쉴 수 있는 공간도 있어야 하고."

"뭐야? 안에 호텔이라도 지으라고?"

"호텔처럼 객실이 많을 필요는 없으니까 각 층마다 독립된 공간이 될 수 있도록 한 4층까지만 지으면 될 거야."

"헐!"

"참, 될 수 있으면 자연 그대로를 살려서 아늑한 공간이 되도록 해줘. 형 실력은 내가 아니까 멋지게 뽑아줘."

"오냐. 알았다. 내게 맡겨라. 알아서 해줄게."

"필요한 돈은 언제든 연락하면 보내줄게."

"돈 많이 들 건 알지?"

"걱정 마. 그 정도는 되니까."

"하긴 보너스로 받은 돈만 100억이고 연봉이 60억인데. 하여간 너만 보면 위화감 느껴진다."

"형도 곧 부자 될 텐데, 뭘."

"내가? 무슨 수로? 이 건축사 사무소로는 큰돈 벌기 힘든 거 같다."

한창호는 짐짓 어깨를 축 늘어뜨린다. 그의 말대로 깊은 불황을 겪느라 신축은 눈을 씻고 찾아봐도 없다.

당연히 설계사무소들은 손가락만 빨아야 한다. 하여 건축사 면허를 딴 동기 중 여럿이 폐업했다. 불황이 언제 끝날지 알 수 없고, 당장을 견뎌낼 수가 없었기 때문이다.

"형은 부자 될 거야. 걱정 마."

"얌마, 뜬구름 잡는 소리 그만해. 네가 준 일감 말고는 일이 없어서 이거 끝나면 또 게임이나 하고 살아야 한다."

"형, 내가 조 대리님을 형한테 소개시켜 줬는데 형이 거지가 되면 나중에 무슨 소릴 듣겠어?"

"무슨 소리야?"

"조 대리님은 우리 천지건설 양대 미녀 중 하나야. 사장 비서실에 근무하고 있어 실세 중의 실세이고. 그런 사람을 형에게 소개해 줬어. 근데 형이 가난해지면 내 체면이 구겨지잖아."

"……?"

"불황이지만 우리 회사에서 아파트 많이 짓는 거 알지?"

"그, 그래. 다른 건설사들은 미분양 물량이 쌓여서 도산 위기에 있지만 천지건설만 무풍지대라는 기사 봤다."

"뿐만이 아니라 우리 회산 제주도 섭지코지에 있는 유니콘 아일랜드 같은 사업도 해."

"그래, 그건 탐나더라. 건축사로서 건축법과 부지에 신경 안 쓰고 마음껏 디자인해 보는 건 정말 해보고 싶은 일이야."

한창호는 꿈꾸는 듯한 표정이다.

"그 일을 형이 하게 될 거야."

"…그게 무슨 소리냐?"

"우리 회사 사장님께 나이는 젊지만 진짜 설계 실력 좋은 건축사가 있다고 말했어. 그러니 포트폴리오[7] 준비해 가지고 우리 회사 사장님을 만나봐. 얘긴 다 해놨으니까."

"……?"

"사장님께서 말씀하시길, 내 말대로 디자인 실력이 뛰어나
다면 새로 시작할 아파트 단지 디자인 전체를 의뢰하신대."

"저, 정말?"

한창호의 얼굴빛이 급속도로 환해진다.

아파트 설계의 경우 설계사무소마다 다르지만 대략 3.3㎡
당 4만~20만 원까지 다양하다.

건축사의 지명도에 따라 차등되는 것이다.

한창호는 실력은 있지만 업계에 널리 알려진 건축사는 아
니다. 따라서 최하 등급인 3.3㎡당 4만 원 정도 예상된다.

천지건설이 새롭게 조성할 아파트 단지는 32평형 1,500세
대이다. 실제와는 약간 차이가 있지만 겉으로 드러난 대로 계
산해 보면 전체 설계 면적은 158,400㎡이다.

이에 대한 설계비는 19억 2천만 원이다. 여기에 단지 내 상
가와 관리사무소, 노인정 등의 면적을 산입하면 최하 20억 원
은 받게 된다.

한창호 설계사무소의 총인원은 소장 포함하여 20명이다.
20억이면 당분간 버티고도 남을 돈이다.

"형, 첫 단추를 잘 끼워야 하는 거 알지? 이번 설계, 최선을

---

7) 포트폴리오(Portfolio):자신의 실력을 보여줄 수 있는 작품이나 관련 내용 등을 집
약한 자료 수집철, 또는 작품집.

다해. 그럼 자동으로 술술 풀릴 테니까."

"오냐. 고맙다. 하하, 하하하!"

한창호가 환한 웃음을 짓는다.

현수는 설계사무소에 머물면서 많은 이야기를 했다.

새로 지을 집에 대한 이야기이다. 킨샤사의 저택과 모스크바의 저택 사진도 보여주었다. 입을 딱 벌린다. 그야말로 호화의 극치라 할 정도로 많은 장식이 된 건축물이기 때문이다.

결혼식을 하게 되면 지현의 부모님도 킨샤사의 저택을 보게 될 것이다. 한국에 있는 집도 최소 그 정도는 되어야 한다. 안 그러면 섭섭하게 생각할 것이기 때문이다.

그렇기에 저택 사진을 참고로 보여준 것이다.

한창호는 설계할 의욕이 솟는지 상당히 많은 메모를 했다.

현수가 나가고 난 뒤에도 한창호는 많은 스케치를 했다. 떠오른 영감을 놓치지 않기 위함이다.

이날 밤 한창호는 심혈을 기울여 포트폴리오를 만든다. 그리곤 다음 날 아침 시뻘건 눈으로 전화를 건다.

통화 상대는 조인경 대리이다.

신형섭 사장과의 약속이 전해지자 사우나로 직행한다. 그야말로 때 빼고 광낸 한창호는 천지건설 사장실을 방문한다.

신형섭 사장이 반갑게 맞이한다. 신 사장은 설계팀을 불러 한창호가 준비해 온 포트폴리오를 보며 여러 이야기를 나눈다.

그리고 이날 한창호 설계사무소는 뻑적지근한 회식을 한다.

현수가 말했던 아파트 단지 전체에 대한 설계 의뢰를 받은 것이다. 설계비는 예상보다 많은 3.3㎡당 70,000원이다.

기타 건축물까지 포함한 계약 금액만 34억 5천만 원이다.

사실 한창호는 포트폴리오까지 준비할 필요가 없었다. 신형섭 사장은 김현수를 철석같이 믿는다.

그렇기에 제주도에서 서울로 오는 비행기 안에서 이미 결정했다. 누구를 소개하든 이번 건은 그에게 맡기겠다고.

아울러 현수의 체면이 있으므로 설계비 역시 7만 원으로 일찌감치 정해져 있었다. 한창호는 과녁 정중앙까지 연결되어 있는 대롱 속에서 활을 쏜 셈이다.

하지만 현수의 곁에 머물기만 해도 대박이 터진다는 걸 아직 사람들은 모른다.

*　　　*　　　*

"다 되었습니다. 전에 그곳으로 배달해 드리면 되죠?"

"네, 고맙습니다."

항온 티셔츠, 재킷, 바지, 그리고 기초생활수급자용 내복과 군복, 헬멧, 군화 등에 들어갈 마법진을 새겨 넣을 철판의 숫자가 어마어마하게 많아졌다.

국내와 콩고민주공화국에서 팔릴 티셔츠의 숫자만 30만 장이다. 지르코프 상사로 보내질 항온 재킷과 바지는 각기 100만 장씩이다.

미군은 군복용 10만 장, 헬멧 10만 장, 군화 10만 장이다. 다음은 기초생활수급자용 310만 장과 차상위 계층용 400만 장이다.

합계가 970만 장이다.

그래서 이번에 제작한 SUS304 0.35T만 1,000만 장이다.

철판 가공업체 사장은 뜻밖의 주문에 입이 벌어져 있다. 작업 공정은 어렵지 않고 일도 빨리 끝난다.

반면 돈은 제법 쏠쏠하니 기분이 좋은 것이다.

그렇기에 이 작업이 이루어지는 동안 현수가 요구한 철판 상자를 만들었다.

가로, 세로 1m, 그리고 높이 0.5m짜리이다. 사방은 막혀 있지만 한쪽엔 가로세로 20㎝짜리 문을 만들었다.

이 상자의 중간엔 안을 살필 수 있는 아크릴 창이 있다.

실험용이고 인라지 마법으로 확대할 것이니 클 필요가 없는 것이다.

무슨 용도인지 알 수 없지만 해달라니 만들어놓고 보니 조금 이상하다. 하지만 묻지는 않는다.

"수고하셨습니다."

"네, 감사합니다. 또 오십시오. 참 손바닥만 한 철판이 또 필요하시면 직접 오지 말고 전화를 주십시오. 그럼 알아서 만들어놓겠습니다."

"네, 알겠습니다."

영등포를 떠난 현수는 황학동으로 향했다.

일전에 주문 의뢰한 리어카와 일륜차 때문이다.

"아이고, 어서 오십시오."

"네, 그간 안녕하셨지요?"

지난 9월 17일에 보았으니 한 달이 조금 넘었다. 그런데 그때완 낯빛이 달라져 있다. 환하고 기분 좋은 안색이다.

"그럼요. 덕분에 아주 잘 지냈습니다. 우선 차부터 한잔하시지요. 뭘 드릴까요? 커피? 주스?"

"괜찮습니다. 그나저나 얼마나 만들어졌는데 그러십니까?"

"현재 제작된 리어카가 약 2,000대입니다. 일륜차도 거의 그 정도 만들어졌고요."

"그걸 쌓아둘 장소가 문제군요?"

"네, 죄송합니다. 노상에 방치하면 납품하기도 전에 문제가 발생될 수도 있는데 더 이상 빌릴 창고가 없습니다."

"흐음, 그도 그렇겠군요. 리어카는 층층이 보관할 수도 없는 물건이니. 알겠습니다. 그럼 만들어지는 대로 납품해 주십시오."

"아! 정말입니까?"

"그래야지 어떡하겠어요. 저도 녹슨 리어카는 납품 받기 싫으니까요. 흐음, 그것들은……."

그러고 보니 납품 받을 장소가 없다. 내 아공간에 넣어달라고 할 수는 없기 때문이다.

"잠깐만요. 전화 한 통만 할게요."

"아이고, 그럼요."

리어카 판매점 사장이 얼른 고개를 숙이곤 밖으로 나간다.

"사수, 자재과 창고 공간 좀 있어요?"

"창고? 있지. 얼마나 필요한데?"

"상당히 넓어야 해요."

"뭘 넣으려는 건 알 수 없지만 현재는 거의 비어 있어. 모두 현장으로 반출되었거든. 필요한 만큼 써. 비번은 알지?"

"알았어요."

곽인만 대리와 통화를 마치고 돌아서니 리어카 판매점 사장 곁에 다른 사내가 있다.

"안녕하십니까?"

"아, 네. 제게 우물 펌프 파셨던 분이군요. 안녕하셨죠?"

"그럼요. 그때 전무님께서 구할 수 있는 만큼 구해놓으라 해서 잔뜩 가져다 놓았는데 안 오셔서……."

현수는 그때 후한 가격에 사갔다. 그렇기에 본인이 구할 수 있는 최대한을 구해놓고 기다렸다. 물론 많은 돈이 들었다. 그런데 현수가 오지 않아 애만 끓이던 중인 모양이다.

"하하, 네. 죄송합니다. 제가 워낙 바빠서요."

"암요. 외국으로 다니시느라 바쁜 거 압니다."

"사장님, 일단 여기 일부터 보고 사장님 가게로 갈게요."

"그, 그럼 그래 주시겠습니까?"

사내가 물러가고 난 뒤 천지건설 자재과 창고 약도를 그려 주었다. 상당히 넓어서 리어카 2,000대와 일륜차 2,000대는 거뜬히 보관할 수 있는 곳이다.

"일단 2,000대씩 납품된 걸로 하고 오늘 중으로 그것에 대한 대금은 보내 드릴게요."

"아이고, 그래 주시겠습니까? 감사합니다."

리어카 판매점 사장이 환히 웃으며 좋아한다.

잠시 후, 현수는 500여 개에 이르는 우물 펌프를 마주하고 섰다. 구해달라니까 인근 펌프는 모두 가져다 놓은 모양이다.

"여기 이것들에 대한 나머지 부품도 다 있는 거죠?"

"아이고, 그럼요. 아프리카로 가지고 가신다면서요? 그래서 부품은 조금 넉넉하게 준비했습니다."

대량 판매를 목전에 둬서 그런지 몹시 싹싹하다.

"좋습니다. 모두 사죠. 가격은 전과 동일하죠?"

"아이고, 그렇게 해주시면 고맙지요. 사실 조금 깎으셔도 되는데."

"아뇨. 그냥 종전 가격으로 하세요. 참, 이것 말고도 필요한 것들이 많은데 그것도 구해주십시오."

"네? 뭐가 더 필요하십니까?"

"각종 농기구요. 삽, 쇠스랑, 호미, 낫 뭐 이런 것들 있죠?"

"당연히 있습죠."

"품질이 괜찮은 것들로만 구해주십시오."

"얼마나……?"

주인은 잔뜩 긴장한 표정이다. 현수의 입에서 나올 숫자 때문이다.

"여기 황학동에 있는 것 전부 다 모아주십시오."

"헉! 네?"

황학동 시장은 눈에 보이는 것만이 아니다.

각 점포마다 따로 창고 하나씩은 보유하고 있다.

따라서 현수의 말대로 황학동의 모든 농기구를 모아놓으면 그야말로 산더미처럼 쌓이게 된다. 그런데 아무렇지도 않게 전부 모으라니 입을 딱 벌린 것이다.

"다 모아지면 제게 연락 주십시오. 물목과 수량, 그리고 가격을 팩시밀리로 보내주세요. 읽어보고 전화 드리겠습니다."

"그럼 여기 있는 이 펌프들도 함께……?"

"아닙니다. 펌프들은 오늘 보내주세요. 이것에 대한 대금은 오늘 지급합니다."

"아! 감사합니다. 정말 감사합니다."

"품질이 좋으면 추가로 주문을 할 수도 있습니다. 그러니물건이 제대로 된 건지 살펴서 괜찮은 것만 보내주세요."

"알겠습니다. 제가 일일이 확인하는 한이 있더라고 그렇게하겠습니다. 걱정 말고 돌아가십시오."

오늘 황학동 시장은 단체로 복권에 당첨된 기분에 들떴다. 오랜만에 대박 손님을 만난 때문이다.

어음도 아닌 전액 현금이니 기쁨은 배가되었다.

*　　　*　　　*

"네, 서울중앙지검 금융조세과 박새롬입니다."

"저는 일전에 세정캐피탈 이중장부 사본을 보내 드렸던 곽해일이라 하는데 이경천 검사님과 통화할 수 있을까요?"

"누구요? 곽해일 씨요? 자, 잠시만요."

띠리띠리, 띠리리리링!

잠시 대기음이 들린다. 그렇게 1분쯤 지났을 때 누군가 전화를 받는다.

"이경천 검사입니다. 곽해일 씨라고요?"

"네, 그렇습니다. 그 사건이 어떻게 진행되었는지 알고 싶어서 전화 드렸습니다."

"흐음, 그 사건은 증거 불충분으로 기소유예가 되었습니다."

"네? 증거 불충분이요? 그 장부가 있는데도요?"

"보내주신 자료는 장부의 사본입니다. 충분히 조작될 수 있지요. 그래서 증거 불충분 판정을 내렸습니다."

"으으음!"

현수가 나지막한 침음을 내자 이경천 검사가 말을 한다.

"곽해일 씨, 전에 제가 그랬습니다. 원본이 없으면 안 된다고. 그래서 달라고 하지 않았습니까? 그런데 원본을 주지 않으시니 저희로선 어쩔 수 없습니다."

"일단 알겠습니다."

현수는 분노한 표정으로 전화기를 내려놓았다. 모르긴 몰라도 이번에도 누군가가 다가올 것이다. 통화 대기 시간도 길었고 이 검사와의 통화 시간도 제법 되었기 때문이다.

"블링크!"

현수의 신형이 공중전화 박스로부터 50여m 떨어진 곳으로 이동했다. 얼마 지나지 않아 검은색 승용차가 다가온다.

끼이이익—!

텅! 텅!

다다다, 다다다다!

예상대로 그리 멀지 않은 곳에 멈춘다. 그리곤 사내 셋이 후다닥 공중전화 박스로 뛰어가고 있다.

"으으음!"

이번에 온 사내들은 조폭은 아닌 듯싶다. 그렇다면 검찰청 소속 수사관들일 것이다.

"공권력을 이런 데 쓰다니… 쯧쯧! 지금 세상이 어떤 세상 인데……. 이경천 너, 두고 보자."

현수는 나직이 혀를 차고는 물러났다. 차들이 씽씽 달리 는 큰길 건너편이기에 수사관들은 현수를 보고도 의심하지 않는다.

＊　　　＊　　　＊

"아, 어서 오시게!"

"네, 그동안 안녕하셨죠?"

현수를 반갑게 맞아준 사람은 백두화학 조인성 회장이다. 조경빈의 부친 되는 분이시다.

"김 전무를 만나려면 내가 가야 하는데 보다시피 무릎이 시원치 않아서…… 미안하네. 양해하시게."

"아! 괜찮습니다. 경빈이 아버님이신데요. 아들 친구처럼 편히 대하셔도 됩니다."

"그리 생각해 주니 고맙네."

"네. 그런데 저를 만나자고 하셨다고요."

"그렇다네. 전에 우리가 만났을 때 콩고민주공화국에서 우리가 할 일을 찾아내면 도와준다고 하지 않았나?"

"네, 그랬지요. 뭔가 찾아내셨습니까?"

"그쪽에 석유화학 제품을 생산하는 공장을 만들고 싶네. 도와주시게."

"흐음, 석유화학 제품이라면 구체적으로 어떤 품목을 말씀하시는 거죠?"

"고밀도 폴리에틸렌, PVC, 아크릴 등 석유화학계 기초 화학 물질을 제조하고 싶네."

"혹시 인건비 때문에 그러시는 겁니까?"

국내 기업에 비하면 콩고민주공화국의 인건비는 20분의 1에도 미치지 못한다. 다시 말해 국내에서 한 명을 고용할 돈이면 현지에선 20명 이상을 고용할 수 있다.

이런 이유로 국내 기업의 상당수가 외국으로 공장을 이전한 바 있다. 그 결과 취업난이 가중되는 상황이다.

"국내 공장을 폐쇄할 생각은 없네. 그쪽에 생산 공장을 지어 아프리카 쪽을 공략해 보고 싶어서 그러네."

"아, 네."

콩고민주공화국은 아프리카 대륙 중앙부에 위치하고 있다. 따라서 조 회장의 이런 구상은 충분히 가능한 일이다.

물론 생산된 제품을 실어 나를 교통망이 갖춰졌을 때의 이야기이다.

"제 도움이 없으면 설립이 어려운 건가요?"

"그렇다네. 콩고민주공화국 내무부 관리들과 접촉해 본 결과 외국 기업의 투자는 환영한다면서 내부적으로 무슨 문제가 있는지 난색을 표한다고 하네."

"그래요? 그럼 제가 한번 알아보죠. 어디에 얼마만 한 규모로 만들 건지 계획 잡은 걸 주시면 접촉해 보겠습니다."

"고맙네. 잠깐만 기다리시게."

삐이이잉―!

"네, 회장님!"

"김 비서, 콩고민주공화국 공장 신설 계획안 사본 한 부 만들어서 가져오게."

"네, 회장님!"

비서실 직원과의 통신을 끝낸 조인성 회장은 새삼 현수를 바라보며 아깝다는 표정을 짓는다.

천지그룹이 아닌 백두그룹에 있었다면 얼마나 큰 이득을 가져다주었을지 알 수 없는 인재이기 때문이다.

한편, 현수는 백두화학의 도움 요청을 어찌할 것인가를 생각하고 있었다. 현수가 알기론 천지화학 역시 비슷한 계획을 잡고 있다. 하지만 도와줄 마음이 없다.

그렇다면 경쟁사인 백두화학을 밀어주는 것도 한 가지 방법이다. 이연서 회장도 이 건에 대해선 말이 없을 것이다.

'그래, 연희를 아프게 했으니까.'

현수는 마음을 정하곤 조 회장과 담소를 나누었다.

*　　　*　　　*

"여기예요, 지현 씨!"

"네, 현수 씨!"

서울중앙지검에 들러 면회 신청을 하니 권지현은 5분도 안 되어 튀어나온다.

"퇴근 시간 거의 다 돼서 데이트 신청하러 왔습니다."

"어머, 그래요? 그럼 조금만 기다려 주세요. 안에 가서 말씀드리고 나올게요."

"그래요. 그동안 여기저기 둘러볼게요."

"그러실래요?"

방문객 표찰을 목에 건 현수는 검찰청 청사 이곳저곳을 둘러보았다. 지현과의 데이트가 첫 번째 목적이라면 둘째는 이경천 검사를 보는 일이다. 국가의 녹을 먹는 검사가 조직폭력배들의 뒤를 봐주면서 대체 무엇을 얻는지 궁금했던 것이다.

전에 온 기억을 더듬어 이경천 검사 방 근처로 움직인 현수는 놈이 나올 것을 기다렸다. 그런데 엉뚱한 사람만 드나든다.

"어머! 혹시 김현수 전무님 아니세요?"

"네? 혹시 절 아시나요?"

생전 처음 보는 아가씨였기에 의아하다는 표정을 지었다.

"그럼요. 저 권지현 사무관님이랑 같은 사무실에 근무해요. 근데 여긴 어떻게 오셨어요? 아! 그렇구나. 데이트하러 오신 거죠? 히잉, 근데 어쩌죠? 권 사무관님 퇴근하려면 아직 30분이나 남았는데. 만나는 보신 거예요? 아님 제가 저희 사무실까지 모시고 갈까요?"

"아, 아뇨. 지현 씨는 봤어요. 그냥 구경하는 중이에요."

"에이, 중앙지검에 구경할 게 뭐 있다고요. 전부 다 사무실뿐인데. 가요. 제가 커피 한 잔 뽑아드릴게요. 여기 자판기 커피가 아주 괜찮아요."

"네? 아, 안 그러셔도 되는데……."

"치! 이번 크리스마스이브에 결혼하신다면서요? 그것 때문에 우리 지검 검사님들 전부 뿔났어요."

여직원은 짐짓 입술을 삐죽인다. 마치 본인이 삐친 것처럼.

"왜죠?"

"왜긴 왜예요? 우리 중앙지검 여신을 잃게 되었으니 그런 거죠. 근데 결혼하시면 출근 못하게 하실 건가요?"

"네?"

"부자시잖아요. 사무관 월급 없어도 되구요."

"아뇨. 지현 씨가 원하면 언제까지든 근무하게 할 거예요."

"어머! 정말요? 권 사무관님이랑 친하게 지내서 결혼하고 안 나오시면 쓸쓸할 거라 생각했는데 정말 잘되었어요."

시커먼 사내 녀석들이 득시글한 곳에 근무해서 그런지 여직원의 수다는 끝이 없었다.

둘은 자연스레 자판기 앞까지 이동했고, 여직원은 커피를 뽑아왔다. 현수는 이경천 검사가 보이는 방향에 자리 잡고는 여직원의 수다에 적당히 맞장구를 쳐줬다.

"…그래서 권 사무관님이……."

뭔가 또 새로운 이야길 꺼내려 할 때 현수가 말을 잘랐다.

"근데 퇴근 시간 다 되면 윗사람들한테 결재 받고 뭐 이런 거 해야 하지 않나요?"

"아차! 정말 그러네요. 김 전무님, 오늘 정말 반가웠어요. 결혼식 날 봬요. 저는 바빠서 이만……."

여태 수다를 떨더니 대답도 기다리지 않고 쪼르르 내뺀다.

"지현 씨도 이렇게 수다를 떨까?"

나직이 중얼거린 현수는 나머지 커피를 비우고는 자리에서 일어났다. 이때 이경천 검사의 방문이 열린다.

뿔테 안경을 쓴 풍채 좋은 40대 후반의 사내다. 이 사내의 뒤를 따라 이경천 검사가 나오더니 고개를 숙인다.

"이브즈드랍!"

약 20m쯤 떨어져 있지만 엿듣기 마법을 구현시키니 둘의 대화가 들린다.

"살펴 가십시오, 선배님."

"그래, 난 이 검사만 믿겠네."

"그럼요. 기대에 부응하겠습니다."

"그래, 이따가 락희에서 만나세."

"알겠습니다. 9시 반까지 가겠습니다."

"그래."

사내가 가자 이 검사는 다시 제 방으로 들어간다.

'이따가 락희엘 간다고? 잘됐네.'

다시 로비로 내려가니 지현이 두리번거리고 있다.

"화장실 다녀오신 거예요?"

"아니. 근데 왜?"

"금방 내려왔는데 현수 씨가 안 보여서요."

"아, 그랬어? 미안. 한 30분쯤 있다 내려올 것 같아 그냥 여기저기 돌아다녔어."

"에구, 여기 볼 게 뭐 있다고요. 삭막하기 이를 데 없는데."

"그렇긴 하더군. 아무튼 이제 가도 되는 거야?"

"네. 저 맛있는 거 사주세요."

"그래, 가지."

지현을 데리고 나온 현수는 '토반'이라는 한정식 집으로 향했다. 웰빙 한식집으로 소문난 곳이라 한다.

"여기 대구탕 괜찮아요. 그거 어때요?"

"나는 뭐든 괜찮아. 그걸로 해."

"네, 언니, 여기 대구탕 2인분이요."

얼굴을 까도녀인데 하는 짓을 보면 털도아이다.

까도녀가 까탈스런 도시의 여자라는 뜻이라면, 털도아는 털털한 도시의 아낙네쯤 된다.

하여 피식 실소를 지었다.

"왜요? 제가 뭐 잘못했어요?"

"아니. 예쁘고 귀여워서."

"치! 입술에 침도 안 바르시고."

짐짓 삐친 척한다. 더 귀엽고 섹시해 보인다.

"흐음, 자꾸 귀여운 척하면 오늘도 집에 못 가는 수가 있는
데. 뭐, 그래도 좋다면……"

"쳇! 알았어요."

지현은 얼른 정색하며 주위를 살핀다.

혹시 오늘도 집에 못 간다는 말을 누가 들었을까 싶은 모양
이다. 이곳은 직장 근처이다.

누가 듣고 소문이라도 퍼뜨리면 결혼도 하기 전에 속도위
반했다는 소리를 들을 수 있기 때문이다.

CHAPTER 07
가을비 실드 아래에서

현수는 지현의 깜짝한 모습에 흐뭇하다는 표정을 짓는다.

'아! 그냥 헤어졌으면 나만 억울한 뻔했구나. 크크, 저 예쁜 여자가 내 거란 말이지?'

"그건 뭐예요? 웬 엉큼한 표정이죠?"

"으음, 이건 우리 지현이가 마음에 들어서야."

"쳇! 느끼한 아저씨처럼 왜 이래요?"

말을 이렇게 하지만 지현도 기분 좋은 모양이다.

"그건 그렇고, 전에 아버님께 드렸던 그 서류들에 대한 내사는 어느 정도 진척되었는지 혹시 알아?"

"서류요? 아, 그 조폭, 아니, 세정캐피탈 장부 말하는 거죠?"

"응. 뭔가 잡아내셨대?"

"그 얘긴 조금 있다가 해요."

말을 하며 주위를 살피는 것으로 미루어 뭔가 있다 생각한 현수는 고개를 끄덕였다. 그러는 사이에 종업원이 다가와 대구탕을 레인지 위에 올려놓고 간다.

둘은 서로에게 더 큰 생선 토막을 올려주려 옥신각신하면서 즐거운 식사를 마쳤다. 그러는 내내 시선을 마주치며 자주 웃었다. 없던 정도 새록새록 솟아날 그런 식사였다.

식당에서 제공하는 원두커피를 들고 길 건너 새로 지은 교회 마당으로 들어섰다. 예배가 없는 시간이라 그런지 한적하다.

"여기 앉자."

"네."

잘 가꿔진 조경수들 사이에 놓인 벤치는 깊어가는 가을의 풍광을 즐기기에 좋았다.

수은등 불빛 아래로 보이는 나무 잎사귀의 빛도 오묘했다. 아직 완연한 단풍 계절은 아니지만 그렇게 보인다.

"여기 괜찮은데?"

"네, 좋네요."

"춥지 않아?"

이렇게 말하며 현수는 슬쩍 어깨에 손을 얹었다. 그러자 지현이 어깨에 머리를 기대온다.

"고마워. 날 포기하지 않아서. 살면서 많이 사랑해 줄게."

"네, 사랑해요."

지현의 나직한 고백에 현수는 기분이 몹시 좋아졌다.

"이렇게 오 분만 있자."

"네."

천천히 손에 든 커피를 마시며 둘은 한참 동안이나 말이 없었다. 그런데 갑자기 바람이 불어온다.

그리곤 얼마 지나지 않아 빗방울이 뚝뚝 떨어진다. 가을비가 오려나 보다.

"현수 씨, 비 와요."

"그냥 여기 있으면 안 될까?"

"비 오잖아요. 옷 다 젖어요."

"안 젖게 해줄게."

"네?"

우산 없다는 걸 뻔히 알기에 한 반문이다.

"실드!"

현수의 말이 끝나기가 무섭게 주변으로 눈에 보이지 않는 마나의 막이 쳐진다. 그와 동시에 불어오던 바람이 차단되었다.

"어머!"

"잊었어? 난 마법사잖아."

"아!"

지현은 현수의 품으로 파고들었다. 하여 보듬어 안아주었다.

"추운 것 같은데 몸 좀 따뜻하게 해줄까?"

"치! 엉큼한 짓 하려고 그러는 거죠?"

"아니. 잠깐만 기다려."

현수는 아공간에 담겨 있는 항온 마법진 하나를 꺼냈다. 지르코프 상사로 수출할 재킷에 끼워 넣을 것이다.

"안주머니 있으면 이걸 집어넣어 봐."

"네? 아, 알았어요."

항온 마법진을 안주머니에 넣은 지현은 이게 대체 무슨 효능이 있느냐고 물으려 했다.

이때 현수의 입술이 달싹인다.

"매직 임플리먼트(Magic implement)!"

아르센 대륙어로 마법을 구동시키자 지현은 상체 전반에서 느껴지던 추위가 단번에 사라짐을 느꼈다.

조금 전 바람으로 인해 체온이 약간 떨어졌던 것이다.

"어! 이건……?"

"항온 마법진이 작용해서 그러는 거야. 이렇게 만든 옷을 러시아와 콩고민주공화국 등에 수출하게 될 거야. 여름엔 시원하고 겨울엔 따뜻하게 보낼 수 있지."

"현수 씨, 정말 대단해요."

지현은 마법의 놀라운 효능을 느끼곤 감탄사를 터뜨렸다.

"뭐, 이 정도로……."

현수는 짐짓 으쓱거리고는 지현의 어깨를 당겼다.

그 잠깐 사이에 가을비의 빗방울이 굵어져 있다. 하여 주위에 사람은 아무도 없었다.

"으으음!"

입술과 입술이 달라붙자 지현이 나지막한 신음을 낸다. 현수와 지현은 잠깐이지만 꿈결 같은 시간을 보냈다.

"현수 씨, 사랑해요."

"나도, 나도 사랑해."

품에 안긴 지현의 등을 부드럽게 쓰다듬어 주었다. 그러다 문득 자세를 바로 한다. 혹시 누가 볼까 싶은 모양이다.

하지만 아무도 볼 수 없다. 입술 박치기를 하기 직전 현수가 구현시킨 마법 때문이다. 일루전 마법은 이 공간에 아무것도 없는 것으로 보이게 할 것이다.

"현수 씨, 전 현수 씨만 믿어요. 정말 최선을 다할게요. 저를 아껴주세요."

"그래, 나도 최선을 다할게. 지현 씨도 날 아껴줘."

"네."

지현이 살짝 고개 숙이며 귀밑머리를 쓸어 올린다.

아주 심한 유혹이다. 하지만 현수는 참아냈다. 벤치에서 사고 칠 수는 없기 때문이다.

"참, 아까 말씀하신 거 있잖아요."

"응, 그래."

"아버지가 내사를 지시했는데 얽힌 게 너무나 많대요."

"얽힌 게 많아?"

"네, 검찰 쪽도 그렇지만 정치권 쪽에도 관련자가 많이 있나 봐요. 구체적으로 누구누구라곤 말씀하시지 않지만 제일 윗선은 알아요."

"그래? 누구지?"

"여당 사무총장인 박인재 의원이에요. 세정캐피탈을 이용하여 비자금을 조성하고 이를 세탁까지 하고 있대요."

"흐음."

현수가 나직한 침음을 내자 지현의 말이 이어진다.

"정치자금법에 의하면 정치인에 대한 후원금은 선거관리위원회를 통하도록 되어 있어요. 정치자금법상……."

잠시 지현의 설명이 이어졌다. 다음은 그 내용이다.

중앙선거관리위원회를 통한 합법적인 정치자금 이외의 일

체의 음성 정치자금 수수는 처벌을 받게 된다.

　개인은 하나 이상의 후원회를 통하여 후원금을 기부할 수 있지만 법인이나 단체는 일절 정치자금을 기부나 기탁할 수 없도록 법률로 명시되어 있다.

　개인의 후원회 납입 한도는 연간 2천만 원이며, 1회 익명 기부 한도는 10만 원이다.

　1회 100만 원 이상 정치자금을 기부할 때엔 수표와 신용카드 등 실명이 확인되는 방법을 사용해야 한다.

　국회의원은 연간 1억 5,000만 원까지 후원 받을 수 있다.

　세정캐피탈을 통해 조성된 후원금은 분명 이 액수를 훌쩍 뛰어넘는다. 그리고 돈의 일부는 스위스 등 다른 나라 은행 계좌로 흘러들어 갔다.

　"세정캐피탈이면 제2 금융권 아닌가? 그럼 제1 금융권에서 송금하는 게 쉽지 않을 텐데."

　"일반적인 방법의 송금이 아니래요. 예를 들어, 어떤 사람이 세정캐피탈에 돈을 맡겨요. 1년짜리 정기예금이요. 그럼 매달 이자가 발생되지요? 그 이자를 박인재 의원의 계좌로 보내도록 하는 거예요."

　"그럼 액수가 얼마 안 되는 거 아닌가?"

　"예를 들어 1,000만 원을 정기예금하고 이자율이 5%라고 쳐요. 그럼 월 41,666원의 이자가 발생돼요. 이중 이자 소득

세를 떼고 나면 35,249원이 되죠."

"그래. 얼마 안 되잖아."

지현이 동의한다는 듯 고개를 끄덕인다.

"맞아요. 각각의 계좌에서 매월 송금되는 이자액 자체는 작지요. 그래서 금감위에서도 파악하지 못했나 봐요. 그런데 그런 계좌가 하나가 아니라 1,000개라면요?"

"100억?"

"그럼 매월 3,500만 원 이상의 금액이 보내지죠. 일 년이면 4억 2천만 원이에요. 이게 쌓이면 금방 금액이 커지니까 약 백 개의 계좌로 자동이체되도록 해놓았다고 해요."

"근데 요즘 정기예금 이자율이 그렇게 높지 않잖아?"

"맞아요. 보통은 연간 3.5% 정도 되죠. 나머지는 세정캐피탈에서 가산 금리를 주는 거죠."

"자신들의 뒤를 봐달라는 뜻이군."

"네. 세정캐피탈 입장에선 그리 큰돈이 아니니까요."

"하긴 뒷구멍으로 수백%까지 이자를 받아먹는 놈들이니 가산 금리 1.5%는 껌 값이겠군."

"상당히 지능적이에요."

지현이 동의한다는 듯 고개를 끄덕인다.

"좋아, 그럼 그 정기예금 계좌의 주인은 누구지?"

"개인 명의로 되어 있지만 공통점이 있대요."

"공통점? 어떤 기업의 직원들 명의인가?"

"맞아요. 지금까지 파악한 바에 의하면 네 개의 기업이에요. 모두 유해 환경 업체들이구요."

기업들 입장에선 원금 자체가 줄어드는 것이 아니므로 부담이 없다. 돈을 맡겨놓고도 이자는 못 받지만 여당 사무총장의 비호를 받을 수 있다면 기꺼이 포기할 만한 액수이다.

"그 정도면 관련자가 꽤 되겠는데?"

"네, 박인재 의원 계파와 검찰, 그리고 경찰 쪽에 몇 명씩 있나 봐요."

"흐음, 알았어. 근데 그건 아직 공개 못하는 거지?"

"네. 아버지가 말씀하시길, 아주 지능적인 범죄라면서 뿌리를 뽑으려면 조금 더 수사를 해야 한대요. 근데 걱정이세요."

"뭐가?"

"사무총장보다 더 윗선이 나오면 어쩌나 하세요. 월간 받아들이는 뇌물 액수가 7천만 원이 넘거든요."

"헐!"

대졸 사원 연봉을 3,500만 원이라고 치면 두 사람 연봉을 세금 한 푼 안 떼고 매달 받아 챙긴다는 뜻이다.

"이경천 검사는 어떤 사람이야?"

"좋은 대학을 나와 단번에 사시에 합격한 인재지요. 욕심이 너무 과해서 탈이지만."

"결혼은 했나?"

"아뇨. 소문에 의하면 재벌가 여자들 꽁무니만 쫓아다니느라 아직 미혼이래요."

"설마 그놈이 지현이에게도 찝쩍거리는 건 아니겠지?"

"몇 번 그랬는데 나이 차가 너무 많아서 곤란하다고 정중히 사양했어요. 아버지 때문인지 그 뒤론 잠잠하고요."

"짜식이 어디서 감히! 진짜 지현이에게 찝쩍댔어?"

"네, 두 번이나요. 나중에 혼내주세요. 헤에."

지현이 혀를 내밀며 웃는다. 농담이라는 뜻이다. 하지만 현수는 이경천 검사를 그냥 놔둘 생각이 없다.

검사면서 조폭의 뒤나 봐주는 놈이다. 세정캐피탈 조직원이 잡혀 오면 형량을 줄여주는 등의 불법을 저지를 것이다.

*   *   *

"주영아, 락희 임대 기간이 만료까지 얼마나 남았니?"

"2년 전세 계약을 맺은 건 끝났지만 앞으로 1년 2개월은 더 두고 봐야 해. 통상적으로 상가는 5년간 상권을 보호하니까."

"임대료는 제대로 내?"

"그래. 아직 밀린 적은 없어."

"손님이 많은가 보지?"

"늘 북적이더군. 근데 왜? 그 자식들이 너한테도 전화했니?"

"전화? 무슨 전화?"

현수가 의아하다는 표정을 짓자 주영이 핏대를 세운다.

"그 자식들, 자기들이 지하에 있는 체력단련실을 쓰겠다는 거야. 그것도 무상으로."

보아하니 세정파 조직원들이 머물 장소가 마땅치 않은 모양이다. 아니면 이쪽을 우습게 안 것이다.

"그래서 뭐라고 했는데?"

"우리 이실리프 상사 직원들이 사용하고 있어서 안 된다고 했다. 그랬더니 뭐랬는지 아니?"

"뭐라는데?"

"거기 있는 운동기구, 원래 자기들 거래. 그러면서 전부 가져가겠다고 하더라."

"이 건물 잔금 치르고 전 주인과 통화했을 때 분명히 건물 내에 남겨놓고 간 건 우리 임의대로 해도 된다고 했어. 그러니까 촌보도 물러서지 마."

"그래, 알았다. 미스 윤, 들었지? 그 자식들한테서 전화 또 오면 사장님이 절대 안 된다고 했다고 그래. 알았지?"

"네."

윤성희 비서가 배시시 웃으며 물러간다. 마치 어린아이들이 고자질하는 모습을 본 것만 같아서일 것이다.

"그나저나 넌 퇴근 안 해? 이 시각까지 왜 회사에 있어? 그리고 윤 비서는 왜 퇴근 안 시키는데? 너 근로기준법 위반으로 구속당하고 싶어?"

"끄응!"

주영은 침음을 낸다.

"야, 난들 있고 싶어서 있는 줄 아냐? 오늘 은정 씨랑 윤 비서 집에 인사하러 가기로 했어. 결혼하면 윤 비서 아버님이 이모부가 되니까."

"그래? 근데 왜 안 가?"

"그야 이실리프 무역상사의 사장인 김현수라는 악덕 기업주 때문이지. 대체 얼마나 일이 많기에 아직까지 퇴근도 못하고 있냐? 일솜씨 빠르기로 이름난 은정 씨, 아직도 사무실에 있다. 그러고 보니 구속당할 놈은 내가 아니고 너야."

"뭐? 이 실장님이 아직도 사무실에 있다고? 전화 걸어봐."

"오냐. 걸어주마."

때는 이때다 싶었는지 주영이 휴대폰으로 전화를 건다. 그리곤 곧장 현수에게 주었다.

띠리리링, 띠리리리링!

"주영 씨? 나 바쁘다고 했잖아요. 조금만 더 기다려요. 아직 일 안 끝났단 말이에요."

"험험! 이 실장님, 저 김현숩니다."

"에그머니나!"

우당탕, 퉁탕!

화들짝 놀라 전화기를 떨어뜨린 모양이다.

"사, 사장님이 어떻게 이 전화로……."

"지금 주영이랑 같이 있어요. 근데 오늘 어디 가기로 했다
면서요?"

"네. 오늘 이모네 인사 가기로 했어요. 사장님이 크리스마
스이브에 결혼한다니까 우리도 결혼하자면서……."

"근데 왜 이 시각까지 사무실에 있어요? 일이 많아요?"

현수의 물음에 은정은 잠시 대답하지 않았다. 하지만 그 시
간은 그리 길지 않았다.

"…네, 요즘 업무량이 점점 많아져서……."

은정은 무엇이 미안한지 말꼬리를 내린다. 현수는 은정이
얼마나 열심히, 그리고 애정을 갖고 회사 일을 하는지 알고
있다.

그렇기에 미안한 마음이 들었다.

"일손이 부족하면 사람을 더 뽑아요. 지금도 그렇지만 이
실리프 무역상사의 업무는 내가 일일이 관여하지 않을 거예
요. 이 실장님이 사장이다 생각하고 필요한 만큼 충원해요."

"그래도 어떻게⋯⋯. 얼마 전에 네 명이나 뽑았잖아요."

"네 명 아니라 사십 명이라도 필요하면 뽑아요. 힘들면 힘들다고 하고요. 우리 회사 수익이 얼만지는 알죠?"

"네."

"그럼 사람 더 써도 된다는 거 알겠네요."

"고맙습니다, 사장님."

"좋아요. 그건 그렇고, 오늘은 일 그만하고 오세요. 어른들 기다리게 하는 거 아닙니다. 아셨죠?"

"알겠습니다."

"주영이하고 윤 비서는 곧장 보낼 테니 이 실장님도 거기서 이모님 댁으로 곧장 가세요. 왔다 가면 시간 걸리니까요."

"네, 사장님."

"좋아요."

전화를 끊어 주영에게 돌려주며 싱긋 웃었다.

"다 들었지?"

"사장이 좋긴 좋다. 뭐든 마음대로 해도 되니."

"알았으면 얼른 퇴근해. 알았지?"

"너는?"

"난 누굴 좀 만나기로 했어 인터넷 검색이나 하다 나갈 테니 내 걱정은 마."

"고맙다. 이 원수 꼭 갚아주마."

"오냐. 죽을 때까지 갚아라."

주영과 윤 비서가 퇴근한 후 현수는 인터넷으로 박인재 의원을 검색해 보았다.

"흐음, 친일재산환수법에 반대를 하셨다고?"

현수는 나직이 코웃음을 쳤다.

친일재산환수법은 17대 국회(2004년 5월 30일~2008년 5월 29일) 때 상정된 법안이다.

일제시대 때 일본 놈의 앞잡이 짓을 한 놈들이 일본으로부터 얻은 토지 등을 토해내라는 법안이다.

전 국민의 97%가 찬성했던 이 법안에 현재의 여당인 한심당의 전신 한나라당 소속 국회의원 전원은 국회에 등원하지 않음으로써 입법을 막았다.

참고로 당시 야당인 열린우리당과 민주당, 그리고 민주노동당 소속의원들은 100% 찬성에 기표했다.

대한민국이라는 나라가 수립된 이후 이처럼 극명한 결과를 빚어낸 법안은 없었다.

이로써 현재의 여당인 한심당은 친일파의 후손, 또는 친일 비호 세력으로 이루어진 집단이라는 것을 확실히 드러냈다.

현수는 계속해서 박이재의 프로필을 훑었다.

"흐음, 4대강 개발 사업은 찬성하셨네. 작년에 태풍 불어 홍수가 났을 땐 유럽으로 놀러 가셨다고? 그것도 마누라와 딸

까지 데리고. 뭐 이런 자식이 다 있지?'

박인재에 관한 것들을 검색해 보니 그야말로 점입가경이다.

국회의원으로 하루만 재직해도 월 120만 원씩 지급되는 연금법을 상정한 장본인이다.

지방에 있던 저축은행의 퇴출이 결정되자 피해를 입은 예금자와 후순위 채권자의 손해액 전액을 보상하는 법률안을 국회에 제출했다.

세금으로 부실한 저축은행의 죄를 덮어주자는 뜻이다.

이밖에도 대한민국의 국회의원이 맞나 싶을 정도로 정신 나간 짓을 많이 했다. 그런데 현재 여당 사무총장이다.

이쯤 되면 여당 자체에 문제가 있다고 봐야 한다.

"이런 새끼가 그런 자리에 있으니 나라가 이 꼴이지. 쯧쯧!"

나직이 혀를 찬 현수는 컴퓨터를 꺼버렸다. 더 보았다간 정신 건강에 좋지 않을 것 같아서이다.

시계를 보니 9시를 조금 넘었다. 이제 이경천이라는 놈이 락희에서 누군가를 만날 시간이 다 된 것이다.

사무실의 불은 일부러 끄지 않았다. 컴퓨터도 다시 켰다. 그리곤 포털사이트 아고라에 들어가 댓글을 남겼다.

부모가 이혼할 때 누가 아이를 돌봐야 하는지 의견을 묻는

폴에 남긴 것이다. 1번은 경제력은 있지만 돌볼 시간이 부족한 아빠이고, 2번은 경제력은 부족하지만 정성으로 아일 돌볼 엄마이다.

누가 만든 폴인지 참 구구절절 말들도 많다.

현수는 1번에 찬성한다는 글을 남겼다. 돈이 없어 고생한 것이 지긋지긋해서이다.

"자, 이제 슬슬 내려가 볼까? 인비저빌러티!"

투명화 마법을 구현시킨 후 계단을 딛고 지하까지 내려갔다.

락희는 여전히 성업 중이다. 벌써 거의 모든 룸에 손님이 들었는지 웨이터와 아가씨들이 분주히 오간다.

'이렇게 해서 버는 돈이 전부 조폭들의 주머니로 들어간다 이거지? 어쭈? 에라, 인간아!'

아홉 시 반도 안 되었는데 벌써 비틀거리는 사람이 있다. 보아하니 기업체 간부인 듯싶다. 초저녁부터 누군가로부터 접대를 받고 있는 모양이다. 현수는 교묘히 움직이며 이경천 검사를 찾았다. 그런데 좀처럼 찾을 수 없다.

'후배니까 분명 먼저 와 있을 텐데, 어디 있지?'

처음부터 모든 룸을 샅샅이 뒤졌지만 이 검사는 여전히 보이지 않는다. 하여 이상하다는 듯 고개를 갸웃거렸다.

이때 눈에 익은 사람이 들어선다. 이경천 검사로부터 선배님 소리를 들었던 장본인이다.

입구에 들어서더니 웨이터에게 말을 건다. 잠시 귀를 기울이던 웨이터가 고개를 꾸벅 숙이고는 앞장선다.

녀석들의 뒤를 조용히 따랐다. 물론 눈에 보이지 않는 상태이다. 조금 전에 살펴봤지만 평범한 회사원들이 술 마시는 룸으로 들어간다.

'응? 거긴 없는데?'

의아하다는 표정을 지었지만 일단 따라 들어갔다. 룸 안으로 들어간 웨이터는 화장실 문을 연다.

변기 외에 또 다른 문이 보인다. 그 문을 열고 안으로 들어가니 이경천 검사가 자리에서 일어선다.

"어서 오십시오, 선배님!"

"그래, 많이 기다렸나?"

"얼마 안 되었습니다. 기다리다 맥주 몇 잔 했을 뿐입니다."

"그래? 조금만 기다리지."

"죄송합니다."

"아냐, 아냐! 그냥 하는 말이야. 자, 앉지."

"네, 선배님!"

웨이터가 얼른 허리를 숙이곤 밖으로 나간다.

룸 속에 룸을 감춰놨으니 밖에서 아무리 찾으려 해도 찾을 수 없었던 것이다.

현수는 룸의 귀퉁이에 앉아 둘의 대화를 엿들었다.

"선배님, 이번엔 액수가 조금 더 커졌습니다."

"그래, 알아. 감당할 수 있으니 보내라고 해."

"액수가 커서 금감원에서 눈치챌 수도 있습니다. 아시다시피 한 번에 송금하는 액수가 300만 원 이상이면 금감원으로 자료가 넘어갑니다."

"그보다 적은 금액으로 쪼개서 보내면 되잖아. 왜 이래, 선수끼리? 세정에 이야기하면 알아서 다 해줄 테니 자넨 신경 쓰지 않아도 돼."

"그게… 요즘 자꾸 이상한 기분이 들어서 그럽니다. 누군가 나를 보고 있는 것 같아서요."

"전에도 그런 얘길 해서 자네 곁에 사람들을 배치했었잖아."

"네, 그랬죠. 근데도 자꾸 그런 기분이 들어요. 지금도 누가 보고 있는 것 같은 기분이 듭니다."

"자, 보라고. 여기 누가 있어? 그리고 여긴 세정파가 마련해 놓은 밀실이야. 여기 종업원 아니면 알지 못해. 근데 누가 본다고. 자자, 괜히 움츠러들지 말고 술이나 한잔해."

"…네."

이경천 검사는 선배가 따라주는 양주를 받았다.

"참, 세정캐피탈 이중장부 건은 끝난 거지?"

"증거 불충분으로 인한 기소유예 처분을 내렸습니다. 그런데 오늘 그 자료를 보냈다는 녀석으로부터 전화가 있었습니다."

"이번에도 발신지 추적을 했나?"

"네. 하지만 실패했습니다. 놈이 제 할 말만 하고 끊어서요. 한 가지 확실한 건 놈이 서초구에서 전화했다는 겁니다."

"서초구가 어디 한두 평인가! 쯧!"

"네, 아무튼 끝난 거나 다름없습니다. 놈이 장부 원본을 가져오기 전에는요."

"보아하니 경쟁 관계에 있는 놈들의 농간 아닐까? 그렇지 않고야 발신지 추적에 필요한 시간을 교묘히 이용하진 않을 거 아냐."

"네, 저도 그렇게 추리하고 있습니다."

"흐음, 누구지? 세정과 경쟁 상대라면 백곰캐피탈?"

"화이트 베어요? 그보다는 캐쉬모아가 아닐까 싶은데요?"

"화이트 베어는 삼합회 자본이고 캐쉬모아는 야쿠자 자본이야. 그들 중 토종 자본인 세정을 먹으려던 놈은 누구지?"

"저는 둘 다라고 생각합니다. 총장님께서 뒤를 봐주지 않으셨으면 둘 중 하나에게 먹혔을 겁니다. 세를 비교해 봐도 답이 나오는 거 아닙니까?"

이경천 검사는 흘러내린 안경을 치켜 올리고는 양주잔을 비웠다. 그러자 선배가 술을 따라주며 입을 연다.

"그러니까 총장님께 대한 후원을 아끼지 말라고 전하게."

"세정에서도 잘 알고 있습니다. 하지만 워낙 감시하는 눈이 많아 현재로선 그게 최선입니다. 잠잠해지면 알아서 인사한다고 했으니 총장님께 말씀 전해주십시오."

"그러지. 그나저나 자네도 다음 번 총선에 나와야지? 내가 총장님께 자네 이야기 많이 하네."

"저는 선배님만 믿습니다. 잘 이끌어주시면 나중에 꼭 보답하겠습니다. 자, 제 술 한잔 받으시죠."

나머지 이야기를 들어보니 이경천은 더 높은 곳을 꿈꾸는 자였다. 문제는 정상적인 방법이 아닌 것을 택했다는 것이다.

대작하고 있는 자는 이경천의 대학 선배이다.

지난 번 총선에서 낙선했지만 여당 사무총장의 비서실장이다. 박인재를 대신하여 여러 업무를 총괄하는 일종의 집사 역할을 하고 있다.

오늘은 세정으로부터 보다 많은 돈을 뜯어내라는 사무총장의 지시를 받고 매개 역할을 하는 이 검사를 불러낸 것이다.

알고 보니 세정파엔 이 검사의 사촌이 있다.

이모의 아들이니 이종사촌인데 현재 유진기 밑에서 부두

목 비슷한 노릇을 한다. 놈의 능력이 좋아 부두목인 게 아니라 이 검사의 사촌이라 그 자리에 있는 것이다.

서울 중앙지검에 세정캐피탈과 관련된 사건이 접수되면 지금껏 이 검사가 도맡아 처리했다. 그 결과는 물론 대부분 무혐의 내지는 기소유예 처분이었다. 확연하게 드러나 범죄 행위를 감출 수 없을 경우엔 최대한 낮은 구형을 내렸다.

어쨌거나 이 검사는 출세를 위해 검은 세력과 부패한 세력 두 군데에 선을 대고 있는 셈이다.

술잔이 오가는가 싶더니 아가씨들이 들어와 분위기가 질 펀해진다. 현수는 이루고자 하는 목적을 모두 이뤘기에 슬그머니 빠져나왔다.

그런데 그냥 가기 섭섭하다. 하여 귀신 소동을 또 한 번 벌였다. 사람들은 혼비백산하여 가게 밖으로 튀어 나갔다.

그중엔 아직 덜 취한 이 검사도 포함되어 있었다.

지금껏 내놓았던 술값은 당연히 못 받는다. 따라서 오늘 락희는 상당한 손해를 감수해야 한다.

잠시 이런 모습을 지켜보던 현수는 품속의 핸드폰을 껐다. 지금껏 녹음 애플리케이션을 구현시켜 놓았던 것이다.

"이 검사, 당신은 조만간 끝날 거야. 높은 곳에 올라가고 싶으면 거기에 합당한 청렴성과 능력을 갖췄어야지. 밀실에서 술잔을 기울이며 조폭 새끼들을 봐주면 안 되지."

　　　　*　　　　*　　　　*

"흐음! 여긴 여전하군."

현수가 바라보는 마타디 항은 여전히 분주하다.

"아! 안녕하세요? 이실리프 상사 통관 담당 최인주입니다."

"네, 수고가 많네요. 근데 러시아에서 온 화물의 통관은 다 끝난 겁니까?"

"그렇습니다. 저기 있는 것들입니다."

최인주가 가리킨 곳에는 이실리프 상사의 로고가 그려진 컨테이너들이 쌓여 있다.

체코산 부드바이저 맥주 200만 캔과 러시아 군화 6만 족, 그리고 팔턍카(Портянка)라 부르는 발싸개가 들어 있다.

이제 마타디 항엔 이실리프 상사의 직원이 상주한다. 거의 매일 엄청난 물량이 반입되고 있기 때문이다.

가에탄 카구지 내무장관의 특명에 따라 이실리프 상사의 로고가 그려진 컨테이너는 무관세 통관이 된다.

아울러 특별한 사정이 없는 한 항상 최우선 통관 대상이다.

요즘 마타디 항은 한국으로부터 보내온 각종 중장비로 몸살을 앓는 중이다.

불도저, 페이로더, 로그 마스터, 타이거 캣 등이다. 이밖에도 소형 트럭은 물론이고 25톤 덤프트럭도 들어온다.

뿐만이 아니다. 본격적인 개발을 위한 각종 기자재도 그야말로 산더미처럼 들어온다.

그러므로 상주 인원이 필요한 것이다.

"저기 저 컨테이너들은 하치장으로 가져가지 마세요."

현수는 노트북을 꺼내 킨샤사 인근 공터를 알려주었다.

일전에 화영공사 왕영백이 수입했던 금괴와 마약이 든 컨테이너를 내려놓았던 곳이다.

"알겠습니다. 금일 중으로 처리하겠습니다."

최인주를 뒤로하고 현수는 차를 몰아 킨샤사로 향했다.

CHAPTER 08
파고라 아래에서

 "어째 이곳은 하나도 안 변해? 하긴 시간이 얼마 안 됐지.
참, 대한약품을 못 들렀네. 쉐리엔이 다 떨어질 텐데. 흐음,
아르센에도 다녀와야겠군."

 현수가 저택에 당도한 것은 꽤 시간이 흘러서이다.

 딩동—!

 입구의 벨을 누르니 화면에 알리사의 얼굴이 보인다.

 "어머! 주인님 오셨어요?"

 찌이잉—!

 소리와 함께 정문이 열린다.

부우우웅—!

현관에 당도하자 알리사와 다른 하녀들, 그리고 경호팀 수석 팀장인 피터스 가가바 이외에도 연희와 이리냐, 그리고 그녀들의 두 모친이 나와 있다.

"주인님, 어서 오세요."

"어서 오십시오, 보스!"

"자기야, 어서 와요."

"덥지 않아요?"

모두 한마디씩 한다. 현수는 일일이 대꾸해 주고는 안으로 들어갔다.

"장모님, 절 받으십시오."

"아이고, 절은 무슨……."

연희의 모친인 강진숙은 손사래를 치며 소파에서 일어난다.

"연희를 제게 안 주실 거 아니면 절 받으세요. 처음 뵙는데 절도 안 드리면 예의가 아니지요."

"그, 그래도……."

"그래요, 엄마. 절 받으세요. 이제 곧 사위가 되잖아요."

"그, 그래도……."

"장모님, 절을 받으셔야 제가 사위가 됩니다. 그러니 편히 앉으세요."

한국어로 대화하기에 셋만 알아듣지만 모두 웃는 낯이다. 어떤 상황인지 대강 짐작하기 때문이다.

"아이고, 내가 참……."

강진숙 여사는 몹시 쑥스러워하면서도 양탄자 위에 앉는다.

자리를 잡자 두 손을 모으고는 정중히 큰절을 올린다.

"장모님, 연희를 주서서 감사합니다. 아끼고 아껴서 행복하게 해주겠습니다. 그리고 장모님도 잘 모시겠습니다."

"아이구, 고마워요. 고마워. 흐흑!"

여전히 고개를 숙이고 있는 현수의 등을 토닥이던 강 여자가 기어코 눈물을 흘린다. 순간적으로 감정이 격해진 모양이다.

처녀의 몸으로 임신을 해서 아이를 낳았다. 친부는 나 몰라라 다른 여자와 결혼해 버린 뒤 낙심하여 죽고만 싶었다.

하지만 갓 태어난 아이를 어찌 놔두고 혼자 갈 수 있나!

하여 이를 악물고 거친 세파를 헤쳐 나왔다. 워낙 근본이 없었기에 자립하는 것조차 쉬운 일이 아니었다.

그럼에도 버틸 수 있었던 것은 영특하면서도 부지런하고, 나이답지 않게 어른스런 연희가 있었던 때문이다.

연희가 커서 회사에 입사한 후에야 조금씩 나아졌다.

그러던 어느 날 옛 남자의 부인이 나타나 말도 안 되는 요구를 했을 때는 절벽에서 떨어지는 기분이었다.

어렵게 취업한 딸이 직장을 잃는 꼴을 어찌 보나 싶었다. 다행히 현수가 있어 여기까지 왔다.

딸은 좋은 곳이라고 했지만 한국을 떠날 때는 후진국의 조악한 환경을 상상했다. 그래도 딸과 함께 마음 편히 머물 수 있는 집이 있다는 말을 한 가지 위안으로 삼았다.

그런데 도착해 보니 이건 으리으리한 궁전이다. 쓰라고 내준 방은 아무리 작게 잡아도 실면적만 50평이 넘는다.

이 방엔 여러 개의 부속실이 딸려 있다.

자쿠지 딸린 대형 욕실은 기본이고, 드레스 룸과 파우더룸, 그리고 생활용품을 보관하는 창고까지 있다.

가장 기분이 좋았던 것은 사람보다 약간 큰 성모마리아 상이 입구를 지켜주고 있는 기도실이다.

마음의 시름을 덜기 위해 열심히 다닌 성당이다.

이곳에도 성당이 있는지는 모르겠으나 종교 생활을 할 수 있음이 마음에 들었다.

자고 일어나면 하녀들이 필요한 모든 것들을 준비해 준다. 삼시세끼 가만히 앉아서 음식을 먹을 수 있는 것이다.

이 거대한 저택은 콩고민주공화국 대통령이 특별히 파견한 경호원들에 의하여 24시간 경호된다고 한다.

후진국 복판에 있지만 더없이 안전한 장소인 것이다.

저택 내부를 둘러보던 중 창고의 문을 열게 되었다. 그 안은 한국의 거의 모든 종류의 생활용품으로 가득 차 있었다.

연희가 안내한 다른 창고를 열어보니 화장품이 지천이다. 돈으로만 따져도 족히 수천만 원 어치가 진열되어 있는 것이다.

다른 창고엔 의복과 신발이 종류별로 가득하다.

주방 창고엔 신선한 고기와 생선이 잔뜩 들어 있고, 채소와 과일도 널려 있다.

연희는 현수가 상당히 많은 돈을 버는 부자라고 하였다. 그러면서 천지건설에서 이룩한 일들을 설명했다. 아울러 이실리프 무역상사와 천지약품에 관한 이야기도 했다.

강진숙 여사가 놀라 자빠질 뻔한 이야기는 넓이 1,825㎢인 제주도의 거의 두 배나 되는 거대한 농장과 그보다 약간 작은 농장 두 곳이 개발될 예정이라는 것이다.

이야기를 재미있게 하기 위해 연희는 두 곳이 향후 200년간 치외법권 지역이므로 현수가 왕이나 다름없다고 말했다.

그런 현수와 결혼을 하니 자신은 왕비가 되는 셈이라 하였다. 평생을 가난하게 살아온 강 여사가 어찌 놀라지 않겠는가!

그러면서 고개를 끄덕였다. 그러니 이만한 저택을 가진 게 결코 이상하지 않다 생각한 것이다.

아무튼 그런 대단한 사위가 공손히 절을 했다. 하여 울컥하는 기분이 들어 눈물을 흘린 것이다.

"아이 참, 엄마는. 사위를 보는데 왜 우셔?"

"흐흐, 그러게 말이다. 좋아서 그래. 우리 연희가 벌써 시집갈 만큼 커서. 그리고 이런 사위를 얻을 수 있어서. 고맙네."

"장모님, 이 집에 머무시는 동안 무엇이든 필요하신 게 있으면 언제든지 말씀하세요."

"그래, 그러겠네. 고맙네, 고마워."

강 여사는 현수의 손을 잡고 또 눈물을 흘렸다.

"자, 인사 시간은 이제 끝! 배고프니 점심 먹으러 가요."

연희가 짐짓 밝은 표정으로 이야기를 하는 순간 누군가의 뱃속에서 쪼르륵거리는 소리가 난다.

"하하! 하하하하!"

"호호호호! 호호호!"

한바탕 웃음 짓고는 모두 식당으로 갔다.

유럽식 긴 탁자에는 스무 개의 의자가 있다.

연희의 제안에 따라 현수 좌우에 두 여인이 앉고, 맞은편엔 장모님들이 앉았다.

서로의 언어를 모르기에 둘은 대화하지 못하는 상황이다.

"랭귀지 트랜스레이션!"

현수는 통역 마법을 걸어주었다. 물론 알리사 등은 모른다.

"두 분, 이제 대화가 통하실 거예요."

"정말? 사돈, 참 사돈은 아닌가? 미세스 안나, 내 말 알아들어요?"

"네, 우리말 참 잘하시네요. 근데 왜 지금껏 말하지 않았어요? 얼마나 답답했는지 알아요?"

"응? 난 지금 한국말로 하는 건데?"

[연희, 이리냐, 두 분께 내가 마법사라는 거 말씀드려도 돼.]

둘이 의아한 표정을 짓는 동안 전음을 보내자 연희와 이리냐가 귓속말로 설명한다.

둘은 깜짝 놀라는 표정으로 현수를 바라본다.

마법사라니, 믿을 수 없다.

세상에 마법이란 게 진짜 있다고 생각해 본 적조차 없다.

애들 보는 이야기책, 또는 영화 속에나 있는 거라고 생각했는데 현실로 다가오니 놀란 것이다.

"두 분 장모님, 저 사악한 마법사 아닙니다. 그러니 마음 놓으셔도 돼요."

현수가 싱긋 미소 짓자 그제야 안심한 듯하다.

"그나저나 한국식 음식도 먹고 싶은데 내가 음식을 만들어도 되나?"

"그럼요. 얼마든지 하셔도 됩니다. 필요한 게 있으면 말씀만 하십시오. 아주 특별한 거 아니면 거의 다 준비할 수 있습니다."

"그, 그래? 알겠네. 나중에 목록으로 만들어주지."

"하하! 네."

화기애애한 분위기 속에서 식사를 마친 현수는 두 분 장모님이 혹시 불편함이 없을까 세세히 보살폈다.

그리곤 중년 여인들에게 필요한 여러 물품들을 꺼내 놓았다.

다음은 건강 챙기기이다.

강진숙 여사는 어렵게 사느라 본인의 건강을 돌볼 여유가 없었다. 게다가 힘든 일도 많이 했다.

하여 나이보다 퇴행성 질환이 일찍 온 듯하다.

노안도 상당히 진행되어 있었고, 신장 및 간장 등 장기들도 정상이 아니다. 이것들은 회복 포션 한 병과 리커버리 마법 한 방에 모조리 사라졌다.

지현의 부모님이 그러했듯 20년 정도의 세월을 거스르는 몸을 가지게 된 것이다.

이리냐의 모친 안나 게라시모바 체홉은 더했다.

한국보다 훨씬 열악한 환경에서 버틴 결과이다. 관절염도 진행 중이고 류머티즘도 시작되어 있었다. 백내장도 있었으며, 엄지발톱은 내향성 조갑증[8]이 있어 보행조차 어려웠다.

하지만 회복 포션 한 병과 리커버리 한 방으로 끝냈다.

두 분 모두 이제부터 충분한 영양을 공급받을 것이며, 세심한 관리 속에서 생활하게 된다.

이에 따라 차츰 젊음을 되찾아가게 될 것이다.

모든 일을 마친 현수는 연희와 이리냐를 데리고 저택을 거닐었다. 그러면서 서울에서 있었던 일들을 설명했다.

권지현과의 일이 순조롭게 매듭지어져서 크리스마스이브에 서울에서 결혼을 하고 나면 다음날 이곳에서 합동결혼식을 하겠다고 했다.

콩고민주공화국과 러시아 시민권 모두를 가졌기에 현수는 연희를 콩고민주공화국의 아내로 맞이하고, 이리냐는 러시아에서의 아내로 맞이하겠다고 했다. 둘은 같이 살기만 하면 그깟 것은 문제되지 않는다며 환히 웃는다.

아폰네 사장으로부터 받은 선물도 이야기했다. 자가용 제트 비행기와 융프라우 별장 단지를 갖게 되었다는 말에 상당히 기뻐한다.

결혼식 소식을 전해들은 두 분 장모는 뛸 듯이 기뻐한다. 정식 아내가 되는 것과 동거는 엄연히 다르기 때문이다.

---

8) 내향성 조갑증:발톱이 살 속으로 파고드는 질환.

결혼식을 마치고 신혼여행을 다녀오면 이리냐는 모스크바로 가기로 했다. 그곳에서 나머지 학기를 마치기로 한 것이다.

물론 안나도 동행한다. 그렇게 되면 이곳은 온전히 연희 차지가 될 것이다.

한편, 피터스 가가바는 보스인 현수가 세 명의 아내를 얻게 된다는 것을 누설했다.

"이보게, 미스터 킴! 크리스마스에 결혼한다며?"

"아! 어떻게 아셨습니까?"

"내 부하가 피터스 가가바와 통화하다 알게 되었네. 축하하네, 축하해! 결혼식에 꼭 부르게."

"하하! 네, 물론입니다. 그리고 감사합니다."

짧은 통화를 마친 현수는 피터스 가가바를 불렀다.

"미스터 가가바!"

"네, 보스!"

"가가바의 보스는 나야, 아니면 내무장관님이야?"

"죄송합니다. 제 생각이 짧았습니다."

가가바는 찍소리 않고 본인의 과오를 시인했다.

"이 저택에서 일어나는 모든 일은 오늘부터 대외비야. 무슨 뜻인지 알지?"

"알겠습니다. 부하들에게도 주의를 주겠습니다."

"좋아, 난 미스터 가가바를 내 사람이라고 생각해."

"압니다. 그래서 더 죄송합니다."

가가바는 고개를 떨구었다.

대통령 경호실 소속 요원으로 근무하면서 받는 급여는 월 12만 원 정도이다. 경찰보다는 20% 정도 더 받는 금액이다.

이곳에 배치되고 한 달이 지났을 때 가가바는 감격했다.

어떻게 알았는지 현수가 자신은 물론이고 저택에 배속된 경호원 전체의 집에 선물을 보낸 때문이다.

선물은 깨끗한 식수를 얻을 수 있는 우물이다.

피터스 가가바를 비롯한 경호원들의 이름으로 사는 마을마다 하나씩 만들어준 것이다.

게다가 봉투 하나씩을 남겼다. 그 안엔 한 달간의 노고를 감사하는 뜻으로 돈이 들어 있었다. 그리고 매달 같은 금액이 급여로 주어진다는 내용의 쪽지도 들어 있었다.

한국 돈으로 치면 50만 원씩이다. 넉 달치 급여가 넘는 어마어마한 액수이다. 가가바를 비롯한 팀장 셋은 50만 원이고 나머지 경호원들은 40만 원씩 들어 있었다.

경호팀이 근무하기 시작한 날은 2013년 8월 29일이다.

그로부터 한 달이 되는 9월 29일에 처음 집으로 간 가가바는 가족으로부터 환대를 받았다.

처음엔 어리둥절했으나 이야기를 듣고는 울컥하는 마음에 눈물을 찔끔 흘렸다.

경호원으로 근무하기는 하지만 대통령궁을 떠나면서 이제 찬밥이 되었구나 생각했다. 그런데 뜻하지 않은 귀한 대접을 받았기에 흘린 눈물이다.

그날 정말 최선을 다해 근무하겠다고 다짐했다. 그리고 현수를 진정한 보스로 받들겠다고 마음먹었다.

그런데 보스의 비밀을 누설했다.

어쩌다 보니 한 말이다. 그리고 보스가 꽃다운 아가씨들과 결혼한다는 것은 나쁜 소식이 아니기 때문이기도 했다.

그런데 자신을 불러들이자 그때야 아차 하는 마음이 들었다.

대통령궁에 있는 동안 수없이 받았던 보안 교육의 내용을 떠올린 것이다.

어쩌면 오늘 이 좋은 직장에서 잘리는 건 아닌가 하는 마음이 들었다. 쫓겨나면 대통령궁으로의 복귀도 어려울 것이다. 이미 다른 인원으로 충원을 마쳤을 것이기 때문이다.

하여 축 늘어진 어깨로 들어섰던 것이다.

"알아들은 것 같으니 더 말 안 한다."

"감사합니다, 보스!"

"그래, 나가봐도 좋다."

"네, 보스!"

가가바는 너그럽게 용서해 준 젊은 보스에 대한 충성심이 솟아나는 느낌이다. 그렇기에 절도 있는 동작으로 머리를 숙여 예를 갖추고는 밖으로 나갔다.

"아잉! 자기야, 이제 나하고 놀아요."

"그래요. 우리 수영해요."

연희와 이리냐는 비키니 차림이었다. 현수는 눈앞이 환해지는 기분에 환한 미소를 지었다.

"웅? 그래. 그렇게. 잠깐만 기다려."

드레스 룸으로 들어가니 수영복을 꺼내 놓았다. 하여 피식 웃고는 갈아입었다.

"우와! 우리 자기! 정말 대단해요!"

"어머! 진짜! 현수 씨 하루 종일 운동만 해요?"

조각 같은 상체를 본 두 여인의 반응이다.

"보기 괜찮아?"

"괜찮은 정도가 아니에요. 정말 멋져요. 언니, 우리 자기야 사진 찍어봐요."

"그래. 조금만 기다려."

안으로 들어갔던 연희가 들고 나온 것은 DSLR(Digital Single

Lens Reflex) 카메라다. 영국의 정원들을 찍던 것이다.

"현수 씨, 그러지 말고 포즈 좀 취해봐요."

"그럴까?"

현수는 여러 자세를 취해 보였다. 이리냐와 함께 찍기도 했다. 어느 각도에서 찍든 현수의 근육은 예술이다.

하여 정신없이 수십 컷을 찍었다.

"이리냐, 나도 찍어줘."

"네, 언니."

"가르쳐 준 대로만 하면 돼. 알았지?"

"네, 언니."

이번엔 연희와 사진을 찍었다.

마주 보고 웃는 모습, 뒤에서 살짝 껴안은 모습, 정면 포옹, 다정하게 어깨에 손을 얹은 모습, 아예 번쩍 안아 든 모습, 이마에 키스해 주는 모습 등 다양한 자세였다.

"치! 나도, 나도!"

사진을 다 찍은 이리냐의 요청에 따라 같은 포즈를 또 취해 줘야 했다. 현수는 환히 웃었다.

"자아, 이제 수영할 시간이다."

와다다다다!

텀벙—!

이리냐가 먼저 뛰어들자 연희도 따라 한다. 현수는 멋진 입

수 장면을 연출하며 수면 아래로 파고들었다.

두 마리 인어가 노니는 수영장 안으로 들어간 현수는 부드럽게 유영하며 즐거운 시간을 보냈다.

"흐음! 엄청나군."

맥주 200만 캔이 담긴 컨테이너를 보고 현수가 내뱉은 일성이다. 군화 6만 족이 담긴 쪽도 만만치 않게 많다.

"좋아, 아공간 오픈!"

말 끝나기가 무섭게 시꺼먼 구멍이 일렁인다. 눈앞의 컨테이너들을 집어넣는다고 생각하니 스르르 사라진다.

모든 것을 담은 후엔 차를 몰아 빈 컨테이너가 산더미처럼 쌓인 야적장으로 향했다.

이곳에서 빈 컨테이너 2,000여 개를 구입했다. 이것들은 나중에 가져가기로 했다.

목적을 달성한 현수는 다시 저택으로 향했다.

연희와 이리냐, 그리고 두 분 장모님과 맛있는 저녁을 먹고 담소도 나누었다. 강진숙과 안나는 서로 살아온 환경은 달랐지만 어느새 친구가 되어 있었다.

서재에 들어가려는데 연희가 자꾸 보챈다. 밖에 나가 산책을 하자는 것이다. 챙 넓은 모자를 썼고, 한국에서 가져온 항온 티셔츠를 입었기에 야외 활동을 전혀 무서워하지 않는 것이다.

이리냐는 요즘 한류에 푹 빠져 있다고 한다. 하여 '내 이름은 김삼순'이란 드라마를 보느라 방에 있다고 한다.

"이런 시절이 있을 거라곤 생각도 못했어요. 꿈만 같아요."

"만족해?"

"그럼요. 엄마도 얼마나 좋아하시는지 몰라요. 겨울만 되면 삭신이 쑤셔온다고 걱정하셨는데 여긴 늘 덥잖아요."

"다행이네. 근데 회사 일은 안 할 거야?"

"저야, 현수 씨 비서잖아요. 수행비서. 헤헤."

혀를 내밀곤 웃는다.

"그건 그래. 아무튼 마냥 놀기만 하지 말고 뭔가 해. 연희 씨가 좋아하는 걸로. 알았지?"

"그렇지 않아도 요즘 브라질 건 자료 조사 중이에요."

"그래? 그게 그렇게 마음에 걸렸어?"

"해외영업부는 거기에 목숨 걸었어요. 요즘 세계적인 불황이라 해외에서 발주되는 공사가 거의 없잖아요."

"하긴……."

현수는 굳이 반론을 재기하진 않았다.

"결혼하면 여기에 쭉 머물 거예요?"

"여기 많이 있겠지. 농산이나 농장, 축산이 제자리를 잡으려면 할 일이 엄청 많으니까."

"한국에 오래 못 있으면 언니한테 미안하잖아요."

"자주 왔다 갔다 할 거야. 뭐, 정 안 되면 지현 씨도 이리 부르지."

"사이좋게 지내도록 애쓸게요."

"고마워."

현수는 진심을 담아 웃어주었다.

부처님도 시앗을 보면 돌아앉는다는 말이 있다. 그럼에도 기꺼이 남편을 나눠 준다는데 어찌 고맙지 않겠는가!

저택에서 제법 멀리 떨어진 곳에 이르자 작은 호수가 나타난다. 주변으로 식물이 무성하게 자라 있다.

이 저택의 전 주인이 인공적으로 만든 호수이다. 호수 안엔 작은 섬이 조성되어 있다. 그리고 그곳까지 갈 조각배가 떠 있다.

"배 타고 싶어요."

"그래? 알았어. 대신 중간에 일어서면 안 돼. 그럼 배 뒤집어질 수도 있으니까. 알았지?"

"네."

현수가 먼저 조각배에 올라 자리를 잡자 연희가 조심스레 올라탄다.

삐이걱! 삐이걱! 삐이걱! 삐이걱!

그리 크지 않기에 섬을 한 바퀴 도는 데 십여 분쯤 걸린 듯하다. 현수는 노를 저으면서도 혹시 있을지 모를 악어나 아나콘다를 경계했다. 와이드 센스 마법으로 확인해 보니 다행히 별다른 생물체는 없는 듯하다.

"현수 씨, 섬에도 가요."

"그래."

그동안 익숙해진 노를 이용하여 배를 대고 섬에 올랐다.

인공 섬의 크기는 사방 50m 정도 된다. 그중 뾰쪽 튀어나온 암반 위에 자그마한 파고라9)가 있다.

목조인데 흰색으로 페인트칠이 되어 있고, 지붕의 안쪽은 유리로 덮여 있다.

위는 등나무가 자라 있어 완벽한 그늘을 만들어준다. 제법 크기가 커서 20여 명은 족히 들어갈 수 있을 정도이다. 아래엔 잘 만든 목조 탁자가 있으며 주변으로 의자가 놓여 있다.

"여기 좋은데요?"

파고라 주변은 온통 꽃밭이다. 현수가 주인이 되기 이전부터 제법 오래 방치되었음에도 아직 기존의 체계가 무너진 것은 아닌 듯싶다.

"그러게. 잘만 가꾸면 멋지겠어."

"여기 제가 손볼게요. 그래도 돼죠?"

---

9) 파고라: 이탈리아어 베르골라(Pergola)가 어원이다. 우리말로는 그늘 시렁, 또는 등나무대라 부른다.

"그럼. 이 집은 전부 연희 소관이야."

"정말요? 정말 뭐든 마음대로 해도 돼요?"

"그래. 지붕부터 기초까지 바꾸고 싶은 데 있으면 바꿔."

"호호! 고마워요. 자, 그런 의미에서 선물!"

말을 마친 연희는 두 눈을 꼭 감는다. 그리곤 뒷짐을 진 채 입술만 쭉 내민다. 어찌 무슨 뜻인지 모르겠는가!

주어진 기회를 놓칠 현수가 아니다. 성큼 다가가 와락 껴안으며 입술을 탐했다.

입술이 닿는 순간 시간은 멈췄다. 그리곤 영혼과 영혼이 섬세하게 섞이기 시작했다.

*   *   *

"후후! 후후후!"

아르센 대륙으로 차원 이동한 현수는 입가에 미소를 지었다. 연희와의 달콤했던 시간 때문이다.

호수 중앙의 섬에 머물며 둘은 행복한 시간을 보냈다. 그리곤 저택으로 돌아와 샤워를 하고 잠자리에 들었다.

연희도 잠들고 이리냐도 잠들었음을 확인한 현수는 옥상에 올라 차원이동을 했다.

이쪽에서도 할 일이 있기 때문이다.

"마나여, 이젠 저쪽 세상으로 보내줘. 트랜스퍼 디멘션!"

샤르르르르릉─!

이번에도 예상한 장소에 당도했다.

현수는 아르센 대륙에 적합한 의복으로 갈아입은 후 빌모아 일족이 사는 입구를 힘차게 두드렸다.

쿵, 쿵, 쿵─!

"뉘슈?"

"접니다! 하인스!"

"크크, 요즘 자주 보네그려. 어서 오게. 통행세는 알지?"

또 한쪽 눈을 찡긋거린다. 어찌 모르겠는가!

이번에도 캔 여섯 개 묶음을 건넸다.

"오오! 이건 처음 보는 모양이네?"

"네, 그래서 맛이 조금 다를 겁니다. 참, 시간이 없어 시원하게 만들지 못했으니 찬물에 담갔다 드십시오."

"언제나 그렇지만 고맙네. 자, 자넨 통괄세."

한쪽 무릎은 굽히고 손을 휘휘 돌리다 뒤로 뽑으며 고개를 살짝 숙인다. 뮤지컬 같은 데 간혹 나오는 그런 동작이다.

그런데 워낙 짜리몽땅해서 그런지 우스꽝스럽게 보인다.

"하하! 네, 감사합니다."

통로를 따라 내려가는 동안 귀가 따가울 정도로 요란한 망치질 소리를 들어야 했다.

땅, 땅, 따땅, 따땅땅! 땅, 땅, 따땅! 따다다다당!

모두 작업 삼매경에 빠졌는지 현수가 지나감에도 시선 한 번 주지 않는다. 그렇게 통로를 따라 가장 안쪽에 당도하자 지금까지의 작업장과는 약간 다른 모습이 드러난다.

한눈에 보기에도 개인 작업장이다.

땅, 땅, 따땅, 따땅!

열심히 망치질을 하는 드워프는 일족의 족장인 나이즐 빌모아이다. 현수는 규칙적인 망치질 소리에 잠시 귀를 기울였다.

그러다 소리의 간격이 약간 멀어진다 싶을 때 조심스럽게 노크를 했다. 작업 삼매경에 빠진 장인을 방해하는 일이기 때문이다.

똑, 똑, 똑!

"누구? 아! 하인스 군, 어서 오시게."

족장은 이마에 솟은 땀을 닦아내며 환히 웃는다.

"뭐하시는 거예요?"

"자네에게 줄 선물 하나를 만드는 중이었네."

"네? 제게요?"

"그래. 우리 일족에겐 오랫동안 전해져 오는 금기가 있네."

"금기라면……?"

"첫째는 인간에게 병장기를 만들어주지 않는다. 둘째는 마법 갑옷이 될 헤르시온은 만들지 않는다라네."

"……!"

"그런데 그 두 가지 금기가 모두 깨졌네. 자네 때문이지."

"병장기는 그렇다 치지만 헤르시온은 왜 저 때문이죠?"

"내가 자네에게 선물하고 싶어서."

"네?"

"자네 헤르시온이 뭔지는 아나?"

"그럼요. 대마법 기능이 있는 갑옷이잖아요."

"그래, 헤르시온의 평상시 모습은?"

"목걸이, 또는 반지 아닌가요?"

언젠가 읽었던 책에 이렇게 적혀 있던 것 같다.

"아닐세. 내가 만드는 헤르시온은 평상시엔 허리띠 역할을 하네. 주인이 마나를 불어넣으면 전신을 감싸는 갑옷이 되지."

"그래요?"

"숨 쉴 구멍과 소리를 들을 구멍 이외엔 모든 곳이 막혀 있어 용암 속에서도 얼마간은 버틸 거네."

"그런데 그런 걸 왜 제게? 저, 그런 거 별로 필요 없는데."

"라수스의 지배자 라이세뮤리안님과 동행한다고 했지? 그분은 8서클 마법사이면서 소드 마스터이네. 당해낼 수 있나?"

"네?"

무슨 의도인지 몰라 반문한 것이다. 하지만 나이즐 빌모아는 이를 다른 뜻으로 받아들였다. 그런 사람과 어찌 비교하느냐는 의미이다. 그렇기에 회심의 미소를 지으며 말을 잇는다.

"나는 헤르시온의 설계도에 따라 제작을 하네. 자넨 마법사이니 여기 있는 도해대로 갑옷 안쪽에 마법진을 그려 넣게. 그럼 유사시 자네를 보호할 것이네."

"마법진이요?"

"그래. 우리 일족의 귀빈이기에 족장의 권한으로 금기를 깨고 맹약의 친구 하인스에게 선물하겠네."

"아, 감사합니다."

준다는데 마다할 이유가 없다. 게다가 마법 갑옷 헤르시온의 설계도가 있다고 한다. 그걸 구경하고 싶은 마음이 든 것이다.

"자, 이게 마법진이네. 잘 보게. 갑옷 제작은 이제 거의 끝나가니 자네가 거기에 그려 넣고 구동만 시키면 되네."

"흐음, 네."

현수는 일전에 나이즐 빌모아가 만들어준 의자에 앉아 헤르시온의 설계도를 살폈다.

한눈에 보기에도 아르센 사람들이 만든 것 같지는 않다.

'여기도 UFO가 왔었나? 이 사람들은 이런 걸 설계할 능력이 없을 텐데.'

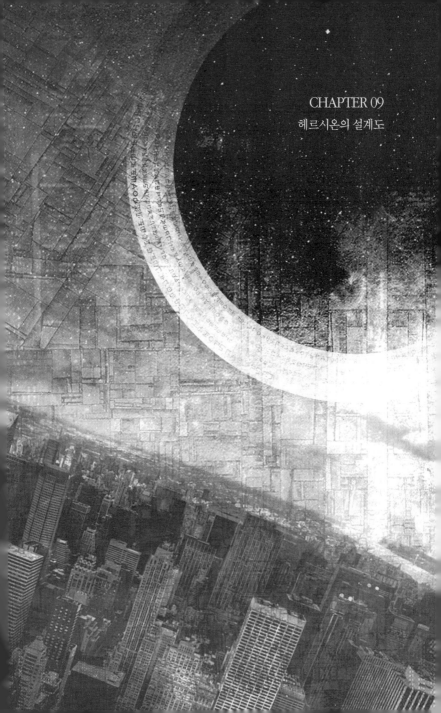

CHAPTER 09
헤르시온의 설계도

아르센 대륙은 마법을 제외하곤 지구의 중세와 거의 흡사
하다. 왕족, 귀족, 기사, 평민, 농노, 노예로 신분이 나뉘어
있다.

모든 것이 인력에 의해 작동되는 시스템인 곳이다. 이런 곳
에 이렇게 차원 높은 설계도가 있다는 게 믿어지지 않는다.

"족장님, 실례의 말씀이시만 이거 빌모아 일족이 설계한
겁니까?"

"아냐. 아주 오래전 우리 조상님께 어떤 드래곤이 헤르시
온의 제작을 의뢰하면서 맡겨놓고 간 거야."

"그런데 어찌 설계도가 남아 있는 거죠? 드래곤이 회수하지 않았나요? 아님 따로 복제하여 그려두었던 건가요?"

"아니. 그 드래곤은 오지 않았네. 조상님이 만드셨던 헤르시온은 마법진이 그려지지 않아 다 삭아버렸네. 벌써 천 년도 넘은 일이네."

"헐!"

천 년 전의 설계도치고는 상태가 너무나 양호하다. 하여 다시 한 번 살펴보니 보존 마법진이 그려져 있다.

"근데 누가 이걸 설계를 한 거죠?"

"모르네. 조상님들로부터 전해오는 이야기에 의하면 아주 오래전에 사라진 마도시대 때 유물이라는 말도 있는데 확실하진 않네. 아무튼 그게 이 세상에 남은 마지막 설계도일 거네."

"아, 그래요? 제가 좀 자세히 살펴봐도 되겠습니까?"

"그럼. 얼마든지. 자넨 예외이니."

고개를 끄덕이곤 망치를 잡는 나이즐의 말에 현수가 의아하다는 표정을 지었다.

"네? 그게 무슨 말씀이세요?"

"아까 맹약의 친구라는 말을 했네. 그 뜻이 뭔지 모르지?"

"네."

"자넨 영원히 우리 빌모아 일족의 귀빈이라는 거네. 자네 덕에 흩어져 살던 동생들 다섯과 함께 있으니 참으로 노년이 행복하네. 그래서 만장일치로 자넬 우리 빌모아 일족의 맹약의 친구로 삼았네. 그런 의미에서 헤르시온을 선물로 선택한 것이고."

"아, 네, 알겠습니다. 감사합니다."

고개를 끄덕이고는 설계도에 시선을 주었다. 아주 섬세하면서도 복잡다단하다. 아이큐 200이 넘는 현수도 한참을 들여다보아야 일부 이해할 수준이다.

"이런 걸 대체 누가 설계한 거지? 좋아, 마법진이란 건 대체 뭐야?"

안쪽에 그려 넣을 마법진을 살펴보니 이건 좀 알 만하다.

첫째는 경량화 마법이다. 육중한 갑옷이 깃털처럼 느껴지도록 섬세하게 설계되어 있다.

둘째는 스트렝스이다. 장인의 손으로 제작될 것이기에 경도가 대단하지만 거기에 추가로 강함을 부여하는 것이다.

셋째는 헤이스트이다. 헤르시온을 걸친 자의 움직임을 보다 빠르게 만들어준다.

넷째는 바디 리프레시이다. 전투 중 피로는 느낄 때 갑옷의 허리 부분을 치면 작동하도록 되어 있다.

다섯째는 수렴과 발산에 관련된 마법진이다. 이게 있어 평상시엔 허리띠처럼 보이게 만드는 것이다. 조금 복잡해 보였으나 쉽게 이해했다.

여섯째는 보존 마법이다. 어렵게 만든 헤르시온의 수명을 늘리기 위한 것이다.

모두 상급 마나석을 박아야 작동하게 되어 있다.

'나라면 여기에 추가로 몇 개의 마법진을 더 그려 넣겠어.'

현수는 눈빛을 빛내며 추가로 마법진을 그려 넣을 공간을 찾아보았다.

첫째, 항온 마법진이다. 갑옷이 착용된 동안 추위와 더위, 또는 과도한 행동으로 인한 체온을 조절하기 위함이다.

둘째, 마나 집적진이다. 마나석이 담고 있는 마나가 모두 소진되면 헤르시온은 조금 단단한 갑옷 수준으로 전락한다.

만일 마나 집적진으로 끊임없이 마나를 채워준다면 언제까지고 사용할 수 있는 무적 갑옷이 될 것이다.

셋째, 인비저빌러티이다. 헤르시온을 걸친 보이지 않는 적을 만난다면 누구든 지리멸렬하게 될 것이다.

넷째, 반탄 마법진이다. 상대의 공격을 두 배의 강도로 퉁겨주는 마법진이 새겨진다면 방어할 필요가 없어진다.

한참을 들여다보던 현수는 설계도를 카메라로 찍었다.

작업을 하던 중 빛이 번쩍이자 나이즐 빌모아가 뭔가 싶어 온다. 하지만 이미 다 찍고 집어넣은 뒤이다.

두고두고 확인해 보고 싶어서이다.

"전에 말했던 나머지들은 다 끝난 건가요?"

"그래. 다 만들었지. 창고에 가보게."

"같이 가세요. 저로 드릴 게 있으니까요."

"오, 그래? 그럼 가세."

창고에 가보니 검, 창, 방패, 각반, 장갑, 완호갑 등이 엄청나게 쌓여 있다.

"이게 다인가요?"

"자네가 원했던 3만 세트를 모두 완성시켰네. 가져가게."

"고맙습니다."

현수는 두말 않고 모든 걸 아공간에 담았다. 대신 부드바이저를 꺼내 놓기 시작했다.

"참, 작업을 도와주서야 합니다. 오늘은 전보다 양이 훨씬 많거든요."

"그, 그래? 잠시만 기다리게."

잠시 후, 수십여 명의 드워프가 모여든다. 이에 현수는 고개를 가로저었다. 이 인원으론 다 못해요.

"오! 그렇게 많아?"

족장의 입이 찢어진다. 물론 좋아서이다. 잠시 후 이백여 명이 드워프가 모여들었다.

"자, 이제 꺼냅니다. 제가 꺼내 놓는 대로 안쪽부터 차곡차곡 쌓으십시오."

말을 마치고는 맥주 캔을 꺼내 놓기 시작했다.

안 그러면 움직이질 못하기 때문이다.

맥주 200만 캔은 결코 적은 양이 아니다.

그렇기에 모든 일이 마쳐졌을 땐 작업의 도사라 불리는 종족인 드워프 일백여 명이 피곤에 지쳐 널브러졌다.

한편, 나이즐 빌모아를 비롯한 그의 다섯 동생은 산더미처럼 쌓인 맥주를 보고 환한 미소를 짓는다.

두고두고 먹을 엄청난 분량이기 때문이다.

"막걸리는 나중에 드릴게요."

"그럼, 그래도 되네. 하하! 정말 고맙네. 내 생전에 이렇게 많은 맥주를 보리라곤 상상도 못했네, 하하하! 하하하하!"

"다음엔 금괴를 가져가겠습니다."

"걱정 말게. 자넨 우리 일족의 맹약의 친구이네. 언제든 자네가 부탁한 일이 작업의 최우선이 될 것이네, 친구."

"하하, 네."

빌모아 일족을 떠난 현수는 곧장 텔레포트했다.

"이봐, 대체 어딜 다녀오는 거야?"

"으응? 잠깐 어디 좀······."

이곳에 와선 날짜 확인을 못했다. 드워프는 인간의 달력을 쓰지 않기 때문이다.

"이곳에 이틀이나 죽치고 있었네. 어딜 다녀오는 건데?"

아무래도 차원 이동 할 때 날짜 계산을 잘못한 모양이다. 현수는 순간적으로 무어라 둘러대야 하나 싶어 머뭇거렸다.

"설마 자네……."

"설마라니? 뭐?"

라세안의 눈빛이 묘해진다.

"자네, 조금 피곤해 보이는데, 설마 그 케이트하고 즐거운 밤을 보내고 온 거야? 그런 거야?"

"뭐? 아, 아냐. 그런 거 아냐."

"아니긴, 근데 뭐하러 거기까지 갔다가 와? 여기도 있잖아."

"여기? 뭐가 있는데?"

"저기, 쟤. 카트린느 말이야. 내가 다른 건 몰라도 케이트와 카트린느, 그리고 다프네는 자네에게 기꺼이 양보하겠네."

"뭐라고?"

"셋 다 정말 탐나지만 친구인 자네를 위해 흔쾌한 마음으로 양보하는 것이니 받아들이게."

지난 이틀간 라세안은 카트린느를 어떻게 할까 말까 고민했다. 소드 마스터에 8서클 마법사라는 것을 알았으니 손가락만 까딱하면 꾀일 수 있다고 생각했다.

인간 세상의 여자들은 대개 강한 남자를 좋아하기 때문이다.

그러다 문득 다프네가 생각났다. 그 아인 현수에게 호감을 품은 것 같다.

다프네와 현수를 엮어놓으면 라수스 협곡 어딘가에서 핵배낭이 작동하는 끔찍한 일은 생각지 않아도 된다.

엮어주어야 하는데 마땅치 않다. 마침 현수는 어디론가 사라졌다. 보아하니 케이트를 눌러주러 간 듯하다.

하여 케이트와 다프네를 한꺼번에 엮어주는 방법을 모색했다. 그런데 만일 케이트만 취하고 다프네를 포기한다면 하는 생각이 든다. 그렇다면 하렘이다.

눈앞에서 알짱거리고 있는 카트린느도 글래머러스한 몸매의 소유자이다. 키도 적당히 크고 얼굴도 예쁘다.

게다가 현수가 도와줘야 할 아드리안 공국 변경백의 손녀이다. 같이 엮기에 딱 좋은 대상이다. 이것이 현수가 없음에도 카트린느가 여전히 순결을 유지하고 있는 이유이다.

"이 친구가 지금 무슨 소릴 하고 있어? 케이트는 그렇다 쳐도 다프네는 미혹의 숲을 안내해 준 걸로 끝이잖아. 저기 있는 카트린느는 나이젤 산맥을 통과하면 끝이고."

"아, 이 사람아, 젊은 사내가 왜 이렇게 야망이 없어? 사내란 모름지기 삼처사첩, 아니, 팔처구첩을 거느려야 하네."

"뭐라고?"

"자네가 뭐라 하든 난 다프네와 케이트, 그리고 저기 있는 카트린느를 자네의 여인으로 인정하겠네. 구워 먹든 삶아 먹든 마음대로 하게."

"헐! 이건 무슨……."

현수는 상대할 가치가 없다는 표정을 짓고는 말을 끊었다. 마침 카트린느가 다가온 때문이다.

"아! 오셨습니까, 마탑주님?"

"그래, 길잡이는 구했나?"

"네, 그럼요. 언제든 명만 내리시면 출발해도 됩니다."

"그래? 그럼 곧바로 출발하지."

"네. 잠시 후에 나오세요."

카트린느가 바쁘게 밖으로 나가자 라세안이 입맛을 다신다.

"자네 진짜 저 아가씰 안 취할 생각인가?"

"그건 왜 물어?"

"뭐, 자네가 싫다면 내가……."

라세안의 말이 끊겼다. 현수가 버럭 소릴 지른 때문이다.

"아니! 내 것이네! 내가 가질 테니 자넨 꿈도 꾸지 말게!"

"허험, 내가 뭐라 했나? 자네가 안 가지면 그런다고. 그럼 라수스 협곡 입구에 남겨놓고 온 다프네는 내가 가져도……."

"그것도 안 되네."

"쩝! 거봐. 결국 자네가 다 가질 거면서 조금 전엔 왜 뺐나?"

라세안은 계면쩍은 표정을 지으며 속으론 쾌재를 불렀다. 다프네를 얽은 것이기 때문이다.

물론 현수는 세 여인 모두 취할 생각이 전혀 없다. 다만 드래고니안에게 순결을 잃는 일을 막아주기 위함이었다.

아무튼 일행은 출발했다. 그런데 길잡이 표정이 묘하다.

"이보게, 길잡이의 표정이 왜 저런가?"

"왜긴, 오후에 출발하는 건 처음이라 그렇지. 이렇게 가면 불과 몇 시간 후에 야영을 해야 하네."

"그래서? 그럼 뭐 어떠나? 텐트 치고 자면 되는데."

"하긴, 그 텐트라는 놈 속엔 이와 빈대, 그리고 벼룩이라는 놈이 없어서 좋더군."

현수를 따라다니면서 라세안은 야영 생활을 만끽하고 있다.

라세안의 말처럼 세 시간쯤 지나니 사방이 어두워진다.

"마탑주님, 이 부근에서 야영을 해야 한답니다."

"왜? 조금 더 가지."

"식수도 그렇고 조금 더 가면 고블린 집단 서식지가 있어 불편할 거라고 하더군요."

"그래? 그럼 여기서 쉬지. 카트린느, 너는 푹 쉬어."

"네?"

"들었다. 우리 영지 기사단장으로부터 음식 솜씨가 완전 젬병이라며? 앞으로 음식 만드는 데는 얼씬도 하지 마라."

"......!"

카트린느는 현수가 없는 동안 오면서 맛보았던 불고기를 만들어보겠다고 주방기구를 들고 설쳤다. 그리고 세 시간이 지났을 때 음식을 맛본 모든 사람이 토했다.

짜고, 시고, 떫고, 쓰고, 그야말로 인간이 먹을 음식이 아니라는 것이다. 하여 배식하지 않은 나머지는 모두 버렸다.

그걸 주워 먹었던 굶주린 개도 토했다고 한다.

이후 카트린느는 어떠한 경우에도 주방 출입이 금지되었다.

오는 동안 이런 이야길 들었기에 농담 삼아 쉬라는 뜻으로 이렇게 말한 것이다. 그런데 듣는 당사자인 카트린느는 몹시 무안한 듯 두 손으로 얼굴을 가리고 숲 속으로 뛰어들었다.

별일 있을까 싶었기에 신경 쓰지 않고 아공간에서 레인지와 냄비, 그리고 생수를 꺼냈다.

국물이 허연 라면이 생각이 나서이다.

라세안은 벌써부터 입맛을 다시고 있다.

그러면서 소주도 꺼내 놓으라고 성화를 한다. 소주와 라면의 얼큰한 국물이 어떤 궁합인지를 알게 된 때문이다.

현재 일행은 넷뿐이다. 현수와 라세안, 그리고 카트린느와 길잡이이다. 하여 라면 여섯 개를 넣고 끓였다.

"자, 다 됐다. 이제 먹자."

곁에서 침을 질질 흘리던 라세안이 가장 먼저 면을 떠간다. 이젠 젓가락질도 제법 하기에 용케 흘리지 않았다.

다가오기 어려워하는 길잡이에겐 현수가 떠줬다.

이실리프 마탑주가 직접 떠주는 음식을 받은 길잡이는 황송해서 어쩔 줄 몰라 한다.

"응? 카트린느는 왜 안 오지?"

"글쎄, 어디서 용변이라도 보나?"

"에이, 먹는 음식 앞에 놓고 용변이 뭐냐?"

"그, 그런가? 미안. 아무튼 난 모르겠네."

남들이 있으면 존댓말을 써주지만 단둘이 있으면 늘 이런 식이다.

"면발 다 불면 맛이 없는데."

자신이 먹을 분량을 담던 현수는 카트린느가 들어간 방향을 보며 고개를 갸웃거렸다. 그러다 문득 이상한 기분이 들어 와이드 센스 마법을 구현시켰다.

"뭐야? 얼마나 멀리 갔기에……."

와이드 센스 마법은 시전자를 중심으로 동심원처럼 번져 나가며 여러 가지를 탐색하는 마법이다.

200m 정도로 범위가 넓어졌음에도 카트린느를 찾을 수 없었다. 하여 차츰 범위를 넓혔다. 그렇게 2㎞까지 뒤졌지만 없다. 원래는 1㎞까지가 한계였지만 켈레모라니의 비늘을 얻고 난 이후 두 배로 늘어난 것이다.

"이봐, 라세안, 카트린느가 감각에 잡히지 않는데?"

"어디까지 뒤진 건데?"

"2㎞. 근데 카트린느의 걸음으로 라면 끓이는 시간 동안 그 먼 거리를 갈 수 있을까?"

"뭐? 2㎞? 뻥치는 거 아니고? 8서클이라며? 근데 어떻게 2㎞를 탐색해? 안 그래?"

말은 이렇게 했지만 라세안의 시선은 현수에게 고정되어 있다. 지금 현수는 방심한 상태이다. 따라서 진정한 서클 수를 가늠할 절호의 찬스이기 때문이다.

이런 속내를 모르기에 현수는 있는 그대로를 말한다.

"2㎞ 맞아. 근데 안 잡혀. 어떻게 된 거지?"

'무서운 놈! 10서클 맞으면서 8서클이라 속인 거군. 하여 간 이놈 속엔 대체 뭐가 있지?'

라세안이 알고 있는 인간의 마법은 8서클 마스터가 되어야 간신히 1㎞ 범위를 탐색한다.

9서클이 되면 1.3km이고, 10서클이 되어야 2km이다. 따라서 현수는 명약관화한 10서클 마법사이다.

아무튼 이런 생각을 하면서도 현수의 말이 맞나 확인하기 위해 와이드 센스 마법을 구현시켰다.

그런데 진짜 현수의 말대로 카트린느의 종적이 잡히지 않는다. 라면 하나 조리하는 동안 그만한 거리를 가는 것은 불가능에 가깝다.

"혹시 납치당한 건 아닐까?"

"납치?"

"그래! 우리 너무 방심하고 있었잖아."

"자네가 한번 찾아보게. 난 여길 지키고 있을 테니."

"알았어. 내가 가지. 플라이!"

허공으로 솟아 오른 현수는 사방을 살폈다. 소드 마스터가 되면서 시력도 좋아져 5km까지는 선명하게 식별한다.

"카트린느! 대체 어디에 있는 거야? 라면 다 불어터지는데. 에잉!"

아무리 찾아도 보이지 않자 현수는 신형을 날렸다. 하지만 카트린느의 모습은 어디에서도 발견되지 않는다.

혹시 몬스터에게 잡혀갔나 싶었지만 부근엔 아무것도 없다.

"이상하네. 대체 어디로 간 거지?"

원래 있던 자리로 와보니 라세안은 라면 국물을 안주 삼아 소주를 마시고 있다.

"에구, 그게 목구멍으로 넘어가?"

"카트린느는? 찾았어?"

"찾았으면 혼자 오겠어? 아무래도 뭔 일 일어난 것 같아. 난 이쪽을 뒤질 테니 자넨 반대쪽을 찾아봐."

후르릅!

"알았네."

현수는 다른 방향으로 날아가며 숲 속을 뒤졌다.

문제는 산속은 어둠이 빨리 내린다는 것이다. 얼마 뒤지지도 못했는데 사방이 어두워진다.

"이런 제길!"

어둠을 뚫고 보는 오올 아이까지 구현시키며 뒤졌지만 카트린느는 끝내 찾을 수 없었다. 야영지로 되돌아오니 마침 라세안도 도착한다.

"찾았나?"

"아니. 이쪽과 이쪽, 그리고 이쪽을 뒤졌지만 성과가 없어."

"그럼 대체 뭐야? 어디로 사라진 거야?"

"주변에 뭔가 다가온 것이라면 내 감각을 피할 수 없는데."

라세안도 이상하다는 듯 고개를 갸웃거린다.

"그러게. 아무리 방심하고 있었어도 자네와 난 소드 마스터잖아. 8서클 마법사이고."

'그건 나고, 인마. 넌 10서클이잖아. 이 자식은 끝까지 날 속이려 하네. 아무튼 10서클이 아니었으면 한바탕 하겠지만 지금은 내가 지니 속아주는 척하마.'

라세안은 대답 대신 속으로 투덜거렸다.

"우리 감각을 속이고 뭔가가 다가와 카트린느를 납치했다는 건 말이 안 돼. 그렇다면 이 근처 어딘가에 무슨 문제가 있는 거야."

"문제는 이제 깜깜해졌다는 거지. 이런 어둠 속에서 뭘 어쩌자고? 계속 수색할 거야? 자고 내일 아침 일찍 찾아보세."

"으음!"

라세안의 말도 일리가 있다. 하여 침음을 내자 텐트를 꺼내라고 성화다. 하여 원터치 텐트 두 개를 꺼내 던졌다.

라세안은 즉시 공간 확장 마법을 걸고는 현수로부터 강탈 비슷하게 선물 받은 침대를 세팅한다.

쟈가드 원단 오리털 이불과 순면 패드, 그리고 라텍스 베개까지 풀 세트를 세팅하고는 이부자리 속으로 들어간다.

"아아! 좋다!"

노인이 뜨끈한 목욕탕 속에 들어가며 내는 소리를 내고는 눈을 감는다. 인간으로 폴리모프했을 땐 실제로 피곤을 느긴다.

그렇기에 잠을 자려는 것이다.

같은 순간, 길잡이는 멍한 표정을 짓고 있다.

현수가 아공간에서 뭔가를 꺼내 던지는 순간 허공에서 일렁이더니 작은 집이 된다.

바닥으로부터 올라올 냉기를 막으라는 뜻으로 10㎝ 두께의 스티로폼을 바닥에 깔아주었다. 그리곤 오리털 침낭을 주었다.

이게 뭔가 하여 멍하니 바라볼 때 가서 씻고 오라고 한다.

대마법사의 명을 어찌 어기겠는가!

약간 추웠지만 옷을 다 벗고 수욕을 했다.

오들오들 떨면서 돌아오자 침낭 안에 들어가 자라고 한다.

혹시 있을지 모를 몬스터의 내습을 어쩌나 싶은데 걱정 말라며 라세안을 가리킨다. 감각이 예민하여 잠들었다가도 몬스터가 나타나면 도륙할 것이니 걱정 말라고 한다.

길잡이는 시키는 대로 침낭 속으로 들어갔다. 처음엔 약간 싸늘한 느낌이었다. 그런데 차츰 더워지는 듯하다. 그러던 어느 순간 혼곤한 수면 속으로 빠져들고 말았다.

그러는 동안 현수는 다시 한 번 와이드 센스 마법을 구현시켜 주변을 살폈다. 여전히 아무것도 없다.

잠든 사이에 몬스터가 오면 귀찮을까 싶어 라세안이 여기

저기 소변을 지려놓고 다녔기에 쥐새끼 한 마리 없다.

"대체 어디로 사라진 거야?"

깜깜한 밤이 되었지만 현수는 야영장 인근을 시작으로 샅샅이 뒤지고 있었다. 스승이 보호해 달라는 아드리안 공국의 첫 번째 영지에서 만난 여인이다.

레더포드 백작은 인품도 괜찮았다. 그런 사람의 손녀와 동행하게 되었는데 중간에 사라졌다고 하여 나 몰라라 할 수 없다.

그런 책임의식이 있었기에 밤이지만 사방을 뒤지고 있는 것이다.

단번에 납치당하여 하늘로 끌려 올라간 것이 아니라면 흔적이 남는다고 생각한 현수는 끈기를 가지고 시선을 집중했다.

그러다 야영장으로부터 100여m 정도 떨어진 곳에서 이상한 느낌을 받았다. 왠지 음산하다.

그리고 보니 이런 느낌을 받은 곳이 또 있다.

권지현의 모친인 안숙희 여사를 치료하러 가는 중 보았던 한사랑 기도원에서도 이런 느낌을 받았다.

'흐음! 이건 대체 뭐지? 여기서 왜 이런 느낌이 드는 걸까?'

현수는 고개를 갸웃거리며 주변을 살폈다.

그러던 중 널찍한 바위 하나를 보게 되었다. 이런 큼지막한 바위가 있으면 비가 올 때 수분을 조금 더 오래 잡아놓는다. 그렇기에 바위 주변엔 풀이 있어야 마땅하다. 그런데 없다.

안력을 높여보니 웬만해서 보이지 않을 부위에 마법진이 새겨져 있다. 얼마나 오래되었는지 흐릿하다.

뭔가 싶어 살펴보던 중 번개처럼 스치는 기억이 있다.

멀린이 남겨두었던 많은 마법서 가운데에는 흑마법사의 것들도 있다. 흑마법이라 하여 모두가 나쁜 것을 아니라 생각하여 보관한 것들이다.

그중 하나에서 이와 유사한 마법진을 보았다.

"흐음! 유추해 해석해 보건대 이건 공간 이동 마법진인데, 이 바위를 매개로 이곳과 다른 공간이 연결된다는 건가?"

주변을 더욱 세심히 살핀 현수는 작정을 하고 바위 위로 올라갔다. 마법진이 활성화되어 있다면 올라서는 즉시 어디론가 이동되어야 한다. 하지만 그런 현상은 나타나지 않았다.

"뭐야, 이건? 공간 이동 마법진이 아닌가?"

고개를 갸웃거리며 내려서려던 찰나, 바위가 있던 부분에 커다란 구멍이 만들어진다. 그와 동시에 현수의 신형이 빨려들었다. 저항하려면 못할 것도 없다.

8서클 마스터의 반열에 올랐으니 매직 캔슬 마법만으로도 마법진 구동을 멈출 수 있다. 그럼에도 그러지 않았다.

카트린느를 찾을 유일한 단서라 생각한 때문이다.

츠라라라라랏—! 콰앙! 콰아앙—!

어딘가에 당도하는 순간 허공으로부터 오리 알 굵기의 쇠창살이 바닥으로 내려꽂힌다.

순식간에 감옥 비슷한 것에 갇힌 신세가 된 것이다.

웬만하면 당황하겠지만 현수는 그러지 않았다. 자욱한 먼지가 가라앉기를 기다리며 날카로운 안광으로 주변을 살폈다.

그렇게 대략 2~3분쯤 지났을 때 무언가가 다가온다. 그런데 생기가 느껴지지 않아 고개를 갸웃거렸다.

'뭐야? 책에서만 보았던 골렘인가? 뭐지?'

의아한 표정을 짓고 있던 현수는 화들짝 놀랐다. 생기가 없던 그것으로부터 음성이 들린 때문이다.

"크흐흐! 웬일이란 말인가? 지난 20년간 아무도 오지 않던 이곳에 싱싱한 놈이 떨어졌군. 게다가 인간이라…… 크흐흐!"

"누구냐? 그리고 여긴 어디냐?"

"크흐흐흐! 어린놈의 말끝이 짧군. 크흐흐! 오늘 드디어 내 오랜 염원이 이루어지겠구나. 크흐흐흐!"

"…뭐야, 이건?"

먼지가 가라앉고 드러난 형상을 본 현수는 또 한 번 놀랐다.

"설마… 리치……?"

언데드의 왕이라 불리는 리치는 주로 네크로맨서 계열 마법사가 영생을 얻기 위해 스스로에게 마법을 걸어 만들어진다.

최하 8서클 이상의 성취가 있어야 가능한 것으로 알려져 있다. 그렇기에 6백 년 이상을 살았던 멀린조차 본 적이 없다고 회고록에 기술해 놓았다.

그런데 지금 눈앞에 리치가 서 있다.

"나 위대하신 마법사 아무리안 델로 폰 타지로칸을 만났으니 경배하라. 크흐흐흐! 오! 그러고 보니 네 녀석도 마법사이군. 그것도 8서클? 크흐흐! 오늘 내가 호강을 하는구나."

현수는 리치의 화후를 가늠하지 못했다. 반면 리치는 단번에 8서클임을 알아냈다. 최하 9서클 이상임이 확실하다.

그렇다면 전력을 다해야 상대할 수 있다. 하여 잔뜩 긴장한 채 노려보았다.

"보아하니 세상에 오래 머문 존재 같구려."

"크흐흐! 그럼, 그럼! 이 땅속에 머문 것만 벌써 800년! 지긋지긋한 세월을 살았지. 아! 지겹도록 공허하고 허무한 이 지하……. 리치가 된 이후 단 한 번의 햇볕도 받지 못했다."

책에 쓰여 있는 대로 햇살을 받으면 스러지는 모양이다.

현수가 이런 생각을 할 때 리치의 말이 이어진다.

"크흐흐! 그런데 네 녀석 덕분에 이젠 그럴 일은 없을 것 같구나. 크흐흐! 고맙다, 마나 덩어리야."

켈레모라니의 비늘을 느끼기라도 한 듯 리치는 심호흡을 하는 몸짓을 한다.

"나를 어찌할 것이냐?"

현수는 짐짓 두려워하는 척했다.

"크흐흐! 네놈의 선혈을 뽑아 위대하신 나 아무리안 델로폰 타지로칸이 직접 창안하신 흠향10)의 진을 완성시킬 것이다."

"……?"

흠향의 진이란 것은 현수가 본 마법서에는 없는 것이다. 그렇기에 하는 이야기를 듣고만 있었다.

"위대하신 마신께서는 이에 응답하사 내게 네놈을 줄 것이고, 나는 햇살 아래 영생하게 될 것이다."

"그러니까 날 죽이고 내 몸을 차지하겠다는 뜻이냐?"

"크흐흐! 아니지. 내가 필요한 건 너의 신선한 육체. 그러니 너의 혼백은 마신에게 바치겠다는 뜻이다."

---

10) 흠향(歆饗):신명이 제물로 바쳐진 공물을 먹는다는 뜻.

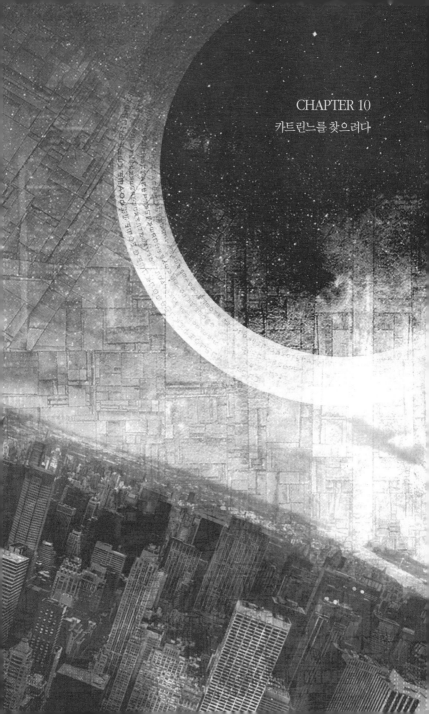

CHAPTER 10
카트린느를 찾으려다

전능의팔찌
THE OMNIPOTENT
BRACELET

리치는 보면 볼수록 현수의 몸이 마음에 든다. 풍부하다 못
해 넘쳐나는 마나가 어딘가에 꽁꽁 숨어 있다.

게다가 8서클 마법사이다.

제때에 몸을 차지한다면 처음부터 다시 마나 링을 생성시
키는 고생을 하지 않아도 된다.

8서클 마법사만 되어도 세상을 호령할 것이니 이제 나가
기만 하면 지배자가 될 수 있다. 그럼 남은 것은 영원토록 복
락을 누리는 것이다. 그렇기에 몹시 흡족한 듯 현수를 바라
본다.

이를 가만히 당해줄 수는 없지 않은가!

현수는 최근 익힌 용언 마법 중 하나를 떠올렸다.

"홀리 블레이드!"

말을 마침과 동시에 허연 빛무리가 리치에게 쏘아져 간다. 쇠창살 밖에서 구현된 것이다.

"헉! 이건? 신관이었더냐? 블링크!"

리치의 신형이 순식간에 사라진다.

"이런 괘씸한 놈! 감히 내게! 데스 브레스!"

리치의 입에서 뿜어진 거무스레한 안개 비슷한 것이 쇠창살 사이로 스며든다. 쇠창살엔 아무런 변화도 없었지만 결코 평범한 것이 아니라는 직감이 든다.

현수의 이런 직감은 정확했다.

리치가 뿜어낸 데스 브레스는 9서클에 이른 네크로맨서 마법의 정화가 담겨 있다. 하여 드래곤의 브래스에 버금가는 재앙을 주는 위력이 있다.

생명이 있는 것이라면 무엇이든 데스 브레스를 만나는 순간 혼을 잃게 된다. 육체는 상하지 않지만 혼이 떠나게 만드는 것이다. 아무튼 현수는 황급히 마법을 구현시켰다.

"앱솔루트 배리어!"

마법이 시전되는 바로 그 순간 또 하나의 앱솔루트 배리어가 현수의 전신을 감쌌다. 그리고 그 속으로 또 하나의 완전한 배리어가 온몸을 휘감는다.

처음의 것은 현수가 시전한 것이고, 두 번째는 전능의 팔찌가 작동시킨 것이다. 마지막은 켈레모라니의 비늘이 위기감을 감지하고 만들어낸 것이다. 결국 현수는 아주 강력한 마나의 벽으로 세 겹이나 감싸진 것이다.

거무스레한 안개는 현수의 신형을 감싼 채 머물렀다. 시야가 가려진 바로 그 순간 현수는 다른 마법을 준비했다.

한편, 리치는 데스 브레스가 사라지고 나면 비명조차 지르지 못하고 쓰러져 있는 현수를 볼 수 있을 것이라 생각하고 있다.

그러면 곧바로 쇠창살을 올리고 흡향의 진 위에 현수를 올려놓아 마신께 현수의 혼백을 올린다.

혼이 육체를 떠나는 바로 그 순간 영혼 전이 마법을 구현하면 싱싱한 육체를 차지하게 된다.

그러면 강렬한 햇살에도 끄떡없는 몸이 된다. 그렇기에 기대에 찬 표정으로 데스 브레스가 사라지길 기다렸다.

약 3분 후, 현수의 신형이 드러나기 시작한다.

"크호호호! 크호호호!"

예상대로 현수가 바닥에 쓰러져 있자 리치는 회심에 찬 괴소를 터뜨리며 다가선다.

그리곤 쇠창살들이 위로 올라가게 하는 스위치를 건드린

다. 흠향의 진 위에 올려놓아야 하기 때문이다.

스르르르릉—!

어른 팔목 굵기의 쇠창살은 단단하기로 이름난 오리하르콘과 아다만티움이 상당히 많이 섞여 있다.

현수가 만일 아공간에 담겨 있는 많은 보검 중 하나를 꺼내 검강을 일으켰다 하더라도 이것들을 베어내기 어려웠을 것이다. 마계의 마족조차 가둘 수 있도록 온갖 마법진으로 도배되어 있기 때문이다.

그랬다면 리치는 쇠창살을 올리지 않고 계속해서 데스 브레스 같은 마법을 난사했을 것이다.

이럴 경우 현수가 불리하다. 켈레모라니의 비늘이 있지만 리치 역시 그만한 마나를 보유하고 있기 때문이다.

멀린조차 존재를 모르는 이 마법사는 인간으로 700년 가까이 살았다. 그리고 늙어 죽으려던 때에 리치가 되었다. 이후 800년을 이곳에서 머물렀다.

무려 1,500년이나 저승 구경을 못한 존재인 것이다.

이런 존재가 현수를 가둬놓고 계속 공격한다면 끝까지 버틴다는 보장이 없다.

어쨌거나 현수는 데스 브레스의 영향을 받지 않았다. 세 겹의 앱솔루트 배리어가 보호한 때문이다.

데스 브레스의 농도가 너무 짙었기에 리치는 현수가 피해

입지 않았다는 것을 모른다. 그렇기에 마음 놓고 다가서고 있는 것이다. 데스 브레스의 위력을 과신한 결과이다.

바닥에 엎어지기 전 현수는 아공간에서 검 하나를 꺼냈다. 그리곤 재빨리 스트렝스와 헤이스트 마법을 걸었다.

그리곤 언제든 검강을 뿜을 수 있도록 준비했다.

'조금만, 조금만 더 가까이 와라.'

"크흐흐! 흠향의 진이 발동하려면 마나석이 필요하지. 자, 여기. 크흐흐, 이제 이놈만 옮기면……."

"이놈! 받아랏!"

지이이잉—! 쒜에엑—!

"으읏! 이놈이… 커헉—!"

현수의 느닷없는 공격에 리치의 목이 동체에서 떨어진다. 그 순간 현수의 입술이 달싹인다.

"아공간 오픈! 입고!"

동체에서 떨어져 나와 바닥으로 떨어지던 리치의 머리 부분이 아공간 속으로 들어간다.

"아공간 클로즈!"

리치의 머리를 받아들인 아공간이 닫혔다.

현수의 이런 행위는 목을 벤다 하여 리치가 죽는 것이 아니라는 것을 알기 때문이다.

"서둘러서 라이프 베슬을 찾아야 해."

아직 바닥에 쓰러져 있는 리치의 동체는 사라진 머리 때문인지 부르르 떨고 있을 뿐이다.

라이프 베슬이 파괴되지 않는 한 베어도 재구성이 될 것이다. 물론 현수의 아공간에 담긴 머리가 없으니 동체만 일어날 것이다.

그리곤 무차별적인 공격을 가할 것이다. 머리는 없지만 몸의 예민한 감각만으로도 무시무시할 것이다.

현수는 안광을 빛내며 어두컴컴한 통로로 뛰어들었다.

"라이트! 메가 라이트!"

마법이 구현되자 어두웠던 공간이 환히 드러난다. 사방을 재빨리 살폈다. 그런데 문제가 있다.

이것저것 너무 많은 물건이 있다는 것이다. 선반, 또는 시렁11)마다 온갖 잡다한 것들이 놓여 있다.

그런데 너무나 가지런히 정렬되어 있다.

도둑들은 현관만 열어보고 들어갈 것인지 말 것인지를 결정한다고 한다. 만일 신발이 가지런하게 정돈되어 있으면 포기하고 다른 집으로 간다.

어딘가에 재물을 감춰놓았을 경우 찾기 어려울 뿐만 아니라 도둑이 들었다는 증거가 쉽게 남기 때문이다.

라이프 베슬은 리치의 생명줄이다. 그렇기에 어딘가 아주

11) 시렁:마루나 방에 긴 나무 두 개를 박아 그릇이나 물건을 얹어놓는 것.

깊숙한 곳에 보관되어 있을 것이다.

현수는 눈에 불을 켜고 샅샅이 뒤지기 시작했다.

그러는 사이에 쓰러졌던 동체가 일어섰다. 사라진 머리를 찾는지 한동안 빙글빙글 돈다.

3분 후, 머리 찾기를 포기한 리치의 몸이 통로를 따라 이동한다. 안쪽에 넓은 공간이 있는지여부는 알 수 없지만 이곳은 좁고 긴 통로이다. 높이도 높지 않기에 플라이 마법으로 놈을 따돌리는 것이 쉽지 않을 듯하다.

두 팔을 벌려 사방으로 휘두르며 다가서고 있기 때문이다.

"으으음! 안 되겠군."

현수는 검에 마나를 불어넣었다.

지이이이잉―!

굵고 선명한 검강이 형성된다. 그와 동시에 리치의 몸이 현수 쪽으로 향한다. 예상대로 신체의 감각이 몹시 예민하다.

현수를 확인했는지 동체의 속도가 빨라진다.

"야아압!"

쉐에엑! 퍼어억!

아무리 리치라곤 하지만 마법사일 뿐이다. 육체적인 능력은 소드 마스터가 월등할 수밖에 없다.

휘둘러진 검강에 격중당한 리치의 동체가 나가떨어진다.

우당탕탕탕―! 와르르르! 와장창창―!

쓰러지면서 선반을 건드리자 정돈되어 있던 것들이 쏟아진다. 방금 전의 공격은 놈의 어깨를 노렸다.

하여 한쪽 팔이 떨어졌다. 그런데 하필이면 그쪽 손으로 땅을 짚으려는 몸짓을 한다. 없는 손으로 어찌 짚을 수 있겠는가! 몇 번 엎어지더니 다른 손으로 짚고 일어선다.

잠시 후, 떨어졌던 어깨에 다시 팔이 붙는다.

"제기랄!"

현수는 나직이 투덜거렸다. 팔이나 다리를 자를 때마다 아공간에 담으면 어떨까 하는 생각을 했다. 그런데 그래 놓으면 리치가 아공간 속에 머물게 된다.

안에 담긴 것들을 모두 파괴할 수도 있다. 어쩌면 지금도 머리 부분이 다른 것들을 씹어대고 있을지도 모른다.

리치의 동체는 현수가 어디에 있는지 찾으려 가늠하는 듯하다. 그러거나 말거나 재빨리 시선을 돌려 주변을 살폈다.

라이프 베슬을 찾아야 하기 때문이다.

거의 세 시간에 걸쳐 수색한 끝에 현수는 가장 안쪽의 공간에 당도하게 되었다. 사방은 서가로 이루어져 있고, 마법서 등이 즐비하게 꽂혀 있다.

"흐음, 어디에 감췄지? 으읏! 또 왔어? 야아압!"

쒜에엑! 퍼억!

와당탕탕!

놈의 팔과 다리는 베어도 베어도 다시 붙는다. 지난 세 시간 동안 60번도 넘게 베었다. 평균 3분에 한 번 꼴이다.

"으이, 지겨운 놈! 좋아, 와라! 원 없이 베어보자!"

현수가 소리치자 막 일어선 동체가 달려든다. 머리가 없는 것이 천만다행이다. 몸만으로는 마법을 쓰지 못하기 때문이다. 안 그랬다면 지금쯤 9서클 마법을 수없이 난사했을 것이다.

아니라면 어딘가에 감춰둔 좀비, 스켈레톤, 구울, 데스 나이트, 듀라한 같은 언데드들을 총동원하여 공격했을 것이다.

쒜에에엑! 퍼어억—!

와장창! 쿵! 와당탕탕!

달려들던 속도보다 더 빠르게 튕겨져 나간 리치의 동체가 또 나뒹굴다 일어선다. 머리만 없을 뿐 여전히 멀쩡하다.

"하여간 저놈의 몸은……."

하도 달려들어서 난도질했다. 거의 100여 조각으로 잘라낸 것이다. 하지만 소용없었다.

다음엔 화염계 마법으로 태워보았다. 그래도 소용없다. 동체 자체에 항화염 마법진이라도 걸어놓았는지 불이 붙지 않는다.

얼려도 보고 번개를 쏘기도 했으나 모두 소용없다. 머리까지 온전히 있었다면 엄청난 고전을 치러야 했을 것이다.

현수는 가까이 다가선 동체를 발길질로 밀어냈다. 차서 쓰러뜨린 게 아니라 멀찌감치 가도록 민 것이다.

쿵! 와당탕탕! 와르르르르르!

이번엔 서가에 부딪쳤다. 그러자 꽂혀 있던 책이 한꺼번에 쏟아진다. 순식간에 리치의 동체가 보이지 않을 정도이다.

잠시의 시간을 벌었다 생각한 현수는 아직 살피지 않은 부분으로 예리한 시선을 보냈다. 하지만 어느 곳에도 라이프 베슬은 보이지 않는다.

와르르르─!

삐이꺽─! 와창창창!

지금까지 듣던 소리와 달라 시선을 돌리니 리치의 동체가 일어서면서 서가의 선반을 잡아당긴다.

그런데 너무 오래돼서 그런지 선반이 떨어져 나간다. 그와 동시에 서가가 앞으로 엎어진다.

와르르르! 콰아앙─!

리치의 동체는 서가 아래에 깔려 버렸다. 조금 웃긴다는 생각을 하며 입가를 실룩이던 현수의 눈에 뭔가가 뜨인다.

서가가 완전히 가리고 있던 벽에 시뻘건 무언가가 일렁이는 수정구가 보인 것이다.

"저거다!"

얼른 다가가 수정구를 뽑아냈다. 리치가 서가를 엎지 않았으면 백 년을 뒤져도 찾을 수 없었을 것이다. 머리가 없어서 어처구니없게도 스스로 라이프 베슬을 헌납한 것이다.

"이걸 어떻게 해야 하지? 으음, 넌 좀 엎어져 있어."

현수는 엎어진 서가 앞에 있는 서가를 밀어서 쓰러뜨렸다.

와르르르르! 콰아앙─!

엎친 데 덮치게 해놓은 이유는 라이프 베슬을 어떻게 파괴해야 하는지를 알아내기 위함이다.

"아공간 오픈! 이실리프여, 열려라! 아차!"

아공간이 열리고 이실리프 마법서가 열리던 순간 현수는 당혹성을 냈다. 호시탐탐 기회를 노리던 리치의 머리가 튀어나온 것이다.

"내 몸! 내 몸은 어디에 있지?"

리치의 머리가 동체는 찾는 동안 현수는 재빨리 최초의 장소로 되돌아갔다. 리치와의 대결은 넓은 곳보다는 좁은 곳이 더 유리함을 깨달은 때문이다.

"어서, 어서! 라이프, 라이프 베슬 파괴 방법! 아이, 어디에 있지? 분명히 전에 봤는데."

멀린이 남긴 이실리프 마법서엔 리치를 만났을 경우를 대비한 내용이 있다. 그런데 개똥도 약에 쓰려면 없다 하더니 전에는 다른 걸 읽으려면 잘도 튀어나오던 것이 보이지 않는다.

"아! 여기 있다."

현수가 막 읽으려는 찰나 온전해진 리치의 음산한 음성이 들린다.

"거기까지! 내 소중한 레어를 어지럽히고 지금껏 내 몸에 별짓을 다 했겠다? 죽엇! 데스 브레스!"

또 9서클 궁극 마법이 시전된다.

"앱솔루트 배리어."

이번에도 배리어로 일단 막았다. 물론 세 겹이 만들어진다. 그리는 동안 재빨리 이실리프 마법서의 내용을 훑었다.

이때 리치의 또 다른 공격이 쇄도한다.

"데스 스트라이크! 데스 커터! 데스 파이어!"

휘유우우웅! 쒜에에엥! 슈아아아악!

퍼엉! 파파파팍! 탱탱! 화르르르!

분노가 극에 달했는지 온갖 마법을 다 구사한다. 하지만 세 겹의 앱솔루트 배리어는 이 모든 것을 다 막아냈다.

그러는 사이 데스 브레스가 소멸되었다.

리치의 뻥 뚫린 눈 부분에서 시뻘건 불빛이 일렁인다. 분노를 표현하는 방법인 듯싶다.

그러던 어느 순간 멈칫거린다. 현수의 손에 들린 라이프 베슬을 본 것이다.

"그, 그건? 네 이놈, 당장 내놓아라!"

"흥! 어림도 없는 수작! 간악한 네놈은 이 세상에서 소멸하는 것이 정답이다!"

"아, 안 돼!"

리치가 다급성을 낸다. 라이프 베슬을 바닥에 패대기치려는 현수의 동작 때문이다.

"하나만 묻자. 오늘 이곳으로 여인 하나가 왔었나?"

"아, 아니다. 네가 처음이야. 20년 만에 처음 들어온 생명체가 바로 너야. 그리고 그건 이리 다오. 네가 무엇을 원하든 소원을 들어줄 테니 어서."

"흥! 웃기는 소리 하자 마라! 자아, 이제 가랏!"

현수는 조금도 지체하지 않고 라이프 베슬인 수정구를 바닥에 패대기쳤다. 소드 마스터가 가진 근력 전부를 동원했다.

안 그러면 깨지지 않는다는 것을 알기 때문이다.

같은 순간 리치는 비명에 가까운 소리를 낸다.

"까아아악! 안 돼!"

전력을 다해 달려든다. 현수의 힘이 약하면 수정구는 깨지지 않는다. 그 즉시 라이프 베슬을 확보하기 위함이다.

하지만 리치의 기대는 깨졌다.

퍼어억—!

수정구가 깨짐과 동시에 작은 불꽃같은 것이 허공으로 솟는다. 리치가 수정구에 봉인한 생명력이다. 언젠가 새로운 육체를 얻으면 그 육체에 담으려 보관한 것이다.

"사악한 것은 사라져라. 플라즈마 볼!"

현수의 손에서 이글거리는 열구가 생성되더니 작은 불꽃 모양의 생명력을 태워 버린다.

그와 동시에 리치의 몸이 화염에 휩싸인다. 검강으로 분리시켜도 다시 붙던 몸이 이번엔 사라진 것이다.

"휴우! 끝났군. 참 지독한 놈이었어."

이마에 솟은 식은땀을 닦아낸 현수는 이실리프 마법서의 나머지 부분도 세심히 읽었다. 혹시 부활할까 싶었던 것이다.

"흐음! 이제 전리품을 챙겨볼까?"

현수는 곳곳에 비장되어 있는 여러 가지를 챙겼다.

회복 포션도 있지만 마나 포션도 상당히 많았다. 9서클 네크로맨서 마법사가 제조한 것인지라 순도가 높아 보였다.

마법서들도 상당히 많았지만 일부만 남기고 모두 태워 버렸다. 세상에 남겨봐야 좋은 꼴 못 볼 것이기 때문이다.

현수가 아공간에 갈무리한 리치의 마법서는 모두 생명 연장과 관련된 것이다. 친가와 처가 부모, 그리고 배우자들이 훨씬 먼저 죽는 꼴을 보고 싶지 않기 때문이다.

통로의 끝에 당도한 현수는 마지막으로 안쪽을 살펴보았다. 거의 폐허 수준이다. 누가 와도 건질 건 별로 없다.

"좋아, 이제 나간다. 마법진 가동!"

스르르르릉—!

"흐으음!"

지하의 텁텁한 공기가 아닌 신선한 공기가 느껴진다. 마법
진이 그려져 있던 바위 위로 공간 이동한 것이다.

"이 마법진은 쓸모가 있겠네."

현수는 바위에 새겨진 마법진을 지웠다. 평범한 바위가 되
게 한 것이다.

"그나저나 카트린느는 어디로 간 거지?"

본래의 목적을 잊지 않았기에 현수는 조금 더 수색했다. 하
지만 소득이 없어 야영지로 되돌아갔다.

"어딜 갔다 이제 와? 설마 밤새 수색한 거야?"

"그래."

"근데 자네에게서 이상한 기운이 느껴지는군. 이건 리치
의……? 설마 리치를 만났나?"

라세안이 눈빛을 빛낸다. 이실직고하라는 뜻이다.

"그래, 카트린느를 찾으러 돌아다니다가 아무리안 델로 폰
타지로칸이라는 놈을 만났어."

"아무리안 델로 폰 타지로칸? 설마……?"

"그래, 네크로맨서 리치야."

"그놈이 아직도 세상에 있어? 그런데 어떻게 된 거야?"

"천신만고 끝에 놈을 제압하고 라이프 베슬을 깨버렸어. 생명력은 플라즈마 볼로 태워 버렸고. 그랬더니 몸에 불이 붙어 한 줌 재가 되더군."

"순순히 당해줄 리는 없는데?"

"몇 시간 동안 놈과 사투를 벌였지. 그러다 라이프 베슬을 찾아서 깬 거야. 그나저나 카트린느는?"

"아직 안 왔어."

라세안은 대답을 하며 진위를 살핀다.

'무서운 놈! 9서클 리치면 인간 9서클 마법사보다 훨씬 센데 그런 놈을 제압했다고? 놈의 데스 브레스는 앱솔루트 배리어로도 막아내기 힘든데, 대체 어떻게 상대했지?'

라세안은 현수를 다시금 바라보았다. 진짜 몇 시간 동안 혈전을 벌였는지 흐트러져 있다.

'하긴 10서클이었으니 9서클 리치를 제압했겠지.'

라세안은 고개를 끄덕이고는 시선을 돌렸다. 동이 트고 있었던 것이다.

"라세안, 카트린느를 두고 그냥 갈 수 없어. 그러니 영역을 나눠서 수색하자."

"그, 그래. 난 이쪽을 맡을게."

"좋아. 참, 길잡이."

"네, 마탑주님!"

밤새 따뜻한 침낭 속에서 숙면을 취한 길잡이는 황송하다는 표정으로 고개를 숙인다.

"자넨 이곳에 남는다. 무슨 일 있으면 이걸 힘껏 불게."

아공간에서 호각 하나를 꺼내주었다.

"스스로를 지킬 능력은 있지?"

"걱정 마십시오. 혼자 있어도 제 한 몸 건사할 수는 있습니다."

"좋아. 그럼 이만… 플라이!"

현수의 몸이 허공으로 둥실 떠오르는가 싶더니 새벽안개가 스러지는 숲을 향해 쾌속 질주한다.

"흐음, 그렇다면 나도. 플라이!"

라세안 역시 사라졌다. 길잡이는 하늘을 날아다니는 두 마법사를 멍한 시선으로 바라보았다.

"흐음, 여기도 없다면 대체 어디로 사라진 거야?"

야영지로부터 무려 5㎞나 떨어진 곳까지 샅샅이 뒤졌다. 그럼에도 카트린느의 종적은 묘연하다.

현수는 갔던 길을 되짚어 야영지로 향하면서도 수색을 멈추지 않았다. 그러나 결과는 없다.

"찾았나?"

"누군가에 의해 납치당한 듯싶어."

"납치?"

라세안의 말에 현수가 안광을 빛낸다.

"그래. 남아 있는 마나의 향기를 보니 골드 일족인 듯하다."

"골드 드래곤이 왜 카트린느를……? 골드라면 드래곤 중에 가장 지혜롭다는 종족이 아닌가?"

"그래, 자칭 가장 지혜로운 일족이지. 게다가 자뻑이 엄청 심하고, 근거 없는 우월감을 느끼며 사는 녀석들이지."

"그런 골드 드래곤이 왜 카트린느를 납치했다는 거야?"

"그건 나도 모르지."

"혹시 이 산맥 안에 산다는 드래곤이 골드 일족인가?"

"아마 그럴걸. 마주친 적이 없어서 정확히 누군지는 몰라. 다만 상당히 골치 아픈 존재라고 소문나 있을 뿐이야."

"흐으음!"

현수는 라이세뮤리안처럼 골드 드래곤이 새끼를 낳아줄 모체로 카트린느를 납치한 것이라 생각했다. 하여 이맛살을 잔뜩 찌푸렸다. 마음에 들지 않은 때문이다.

라세안은 잠시 잠자코 있었다.

"이봐, 머피라고 했나?"

"네, 마탑주님!"

길잡이 머피는 깊숙이 허리 숙이며 대답한다. 머피 역시 아드리안 공국 사람 중 하나이다. 이실리프 마탑주가 어떤 존재인지 어려서부터 들어왔기에 극고의 공경을 보이는 것이다.

"나이젤의 지배자가 어디에 둥지를 틀었는지 아나?"

"네? 설마 위대한 존재의 레어를 말씀하시는 겁니까?"

"그래. 어디에 있는지 아나?"

"정확히는 모릅니다. 그런데 갑자기 왜? 그 근처는 피해서 가야 합니다."

"카트린느가 납치되어 갔다. 당연히 가서 구해야지. 레어가 어디쯤에 있는지는 아는가?"

"그, 그야……. 근데 레어로 가시면 안 됩니다. 위대하신 존재는 인간들이 접근하는 걸 극도로 혐오합니다."

"그래도 가야 하니 레어가 어디에 있는지 방향만 알려 주게."

"저, 저쪽에… 저기 보이는 산에 커다란 동굴이 있습니다. 그 안에 계시는 걸로 짐작할 뿐입니다."

길잡이 머피가 손짓한 곳을 보이 나이젤 산맥의 중심부에 우뚝 솟아 있는 봉우리이다.

울창한 수림과 바위로 이루어진 악산이다.

"라세안, 자넨 여기에 있게. 나 혼자 다녀오겠네."

"뭐라고? 설마 드래곤을 혼자서 상대하려고?"

"상대라기보다는 담판이네. 카트린느를 내놓으라고 말할 것이네."

"안 들어주면?"

"드잡이를 하게 되면 해야겠지."

말을 하며 현수는 아공간에 담겨 있는 보검과 방패를 꺼내 들었다. 인간 세상에선 투핸드 소드로 쓰일 대형 검과 전신을 가릴 수 있는 대형 방패이다.

현수는 아주 빠른 속도로 검과 방패에 각종 마법을 인챈트 하였다. 혹시 있을지 모를 대결을 염두에 둔 마법들이다.

이런 모습을 지켜보는 라세안의 눈엔 우려의 빛이 감돈다.

다른 일족과의 교류를 끊은 지 상당히 오래되었다. 하여 얼마나 많은 일족이 세상에 남아 있는지는 모른다.

아무튼 그런 일족 가운데 하나가 어쩌면 오늘 목숨을 잃을지도 모른다. 드래곤이라 할지라도 10서클 마법과 그랜드 마스터에 버금갈 수준의 검법을 구사할 상대를 이기는 것은 쉽지 않기 때문이다.

현수는 분명 리치를 제압했다. 의복은 흐트러져 있었지만 상처 입은 곳은 없다. 비교적 여유 있게 수많은 언데드를 거느린 리치를 상대했다는 뜻이다.

리치가 데스 브레스를 썼다는 것은 자명한 일이다. 궁극 마법도 쓰지 않고 알아서 죽어주진 않을 것이기 때문이다.

데스 브레스는 드래곤의 브레스에 버금간다. 물론 마법이 지배하는 범위가 매우 좁기는 하다. 그래도 그걸 수없이 막아냈다면 드래곤의 브레스 또한 막을 수 있다.

게다가 골드 일족은 자뻑이 심하다. 자신들의 마법 성취를 지나치게 높이 평가하기에 브레스를 쓰지 않는다.

하여 사람들은 골드 드래곤이 어떤 브레스를 쓰는지조차 알지 못한다. 지난 수천 년간 브레스를 뿜어낸 골드 일족이 없었기 때문이다.

라세안이 알기로 골드 드래곤은 모두 9서클 마스터이다.

더 이상의 성취는 없다.

10서클 부활 마법인 리저렉션(Resurrection)을 쓸 수 있다면 새로 로드가 된 옥시온케리안이 그 자리에 오르지 않았을 것이다.

로드는 명예직이면서 속박직이다. 후임이 정해지기 전까진 어떠한 일이 있어도 레어를 떠날 수 없기 때문이다.

만일 10서클이었다면 전임 로드를 부활시켜 그 자리에 못 박아 두었을 것이다. 속박보다는 자유가 좋기 때문이다.

따라서 10서클 대마법사이자 소드 마스터 최상급인 현수와 9서클 마스터쯤 된 골드 일족이 맞붙으면 필패이다.

하여 우려의 빛을 나타냈다. 왕래는 없지만 일족이 죽는다는 것이 마음에 걸려서이다.

"갔다 올 테니 기다리게."

"나도 같이 가세."

"아니, 자넨 불편할 거야. 자넨 드래고니안이잖아."

"그, 그런가?"

라세안은 신분은 감췄기에 머쓱해한다. 드래곤과 드래고니안은 분명한 차이가 있다. 감히 대항할 수 없는 수준의 차이이다. 따라서 드래고니안 주제에 따라가겠다는 말을 해선 안 된다. 전혀 도움이 안 될 것이기 때문이다.

라세안이 대답하기도 전에 현수의 신형은 허공을 가르고 있다. 길잡이 머피가 일러준 바로 그 방향이다.

CHAPTER 11
드래곤과 싸우다!

"흐음, 여기군."

높이 70m가 넘는 대형 동굴에 당도한 현수는 조심스런 눈길로 주변을 살폈다. 드래곤의 레어 인근엔 보호를 위한 가디언들이 있기 때문이다.

"와이드 센스! 어라? 없어?"

생물체의 존재가 느껴지지 않아 동굴 안에 발을 들여놓았다. 그렇게 대략 200여m쯤 들어가니 대형 광장이 나타난다.

어마어마하게 크다. 산속에 어떻게 이런 공간이 있는지 의아할 지경이다.

"헉?"

"너는 누구지?"

뭔가 있다는 생각을 할 때 느닷없이 엄청난 덩치가 나타나 입구를 막아선다. 황금빛으로 번쩍이는 골드 드래곤이다.

"네가 방귀쟁이 드래곤 제니스라는 노래를 만든 하인스라는 용병 나부랭이인가?"

"네?"

"드래곤 제니스의 방귀 냄새 지독해, 이렇게 시작하는 노래를 만든 장본인이냐고 물었다."

캐러나데 사막과 마물의 숲을 거치는 용병행을 할 때 테일러 등 죽은 용병들을 위한 애도의 곡으로 클레멘타인을 개사해 불렀다. 그리고 침울해진 분위기를 쇄신하기 위해 루돌프 사슴코를 개사하여 방귀쟁이 드래곤 제니스라는 노래를 불렀다.

이 노래는 현재 미판테 왕국 최고의 유행곡이다.

나후엘 자작이 다스리는 율리안 영지는 물론이고 서쪽 끝에 있는 테세린 영지까지 번져 있다.

뿐만 아니라 최대 폭이 30㎞나 되는 바벨 강을 건너 올테른에도 전해졌다. 이밖에도 방귀쟁이 드래곤 제니스라는 노래는 아르센 대륙으로 그야말로 들불처럼 번지는 중이다.

경쾌한 멜로디와 박장대소할 가사 때문이다.

현수가 발을 딛고 있는 이 레어는 드래곤 로드인 옥시온케리안의 쌍둥이 동생 제니스케리안의 둥지이다.

그리고 로드는 동생의 이름을 반만 부르라는 명령을 내렸다. 하여 제니스케리안의 현재 이름은 제니스이다.

하필이면 아무렇게나 지어 붙인 방귀쟁이 드래곤의 이름과 정확히 일치하는 것이다.

제니스는 500년 전 술에 취해 대지를 관장하는 가이아 여신의 신전에 대형 똥 덩어리를 퍼붓는 만행을 저질렀던 바로 그 골칫덩이 골드 드래곤이다.

그 사건으로 말미암아 전임 로드에 의해 500년간의 자숙을 명령받고 은인자중하며 시간이 흐르기만 기다렸다.

할 일이 없기에 몇백 년에 걸친 긴 수면을 하다 깨어난 것은 얼마 전이다. 그런데 하필이면 그때 일단의 무리가 나이젤 산맥을 지나치고 있었다.

상단 호위를 맡은 용병들은 길을 가면서도 노래를 불렀다. 물론 방귀쟁이 드래곤 제니스라는 노래이다.

가사를 들은 제니스는 분기탱천하였다. 감히 인간 주제에 골드 일족인 자신을 대놓고 폄하하고 있었기 때문이다.

가사의 말미엔 자신이 일족들로부터 왕따당한다는 내용까지 들어 있다. 하여 대체 누가 이런 못된 노래를 만들었는지 반드시 징치하겠다고 마음먹었다.

징계 날짜를 계산한 제니스는 금제가 풀리자마자 폴리모 프하고 인세로 스며들었다. 그리곤 누가 노래를 만들었는지 를 확인했다. 장본인이 C급 용병 하인스라는 것을 알아내는 데는 오랜 시간이 걸리지 않았다.

다음은 행적 추적이다. 이것도 어렵지 않았다. 현수가 율 리안 영지에서 행한 일이 워낙 유명하기 때문이다.

그런데 문제가 있다. 현수 근처에 레드 일족이 있다.

제니스는 라이세뮤리안을 알고 있다.

그는 상당히 포악하며 특히 색을 밝히는 웃기는 드래곤이 다. 제니스에게도 여러 번 찝쩍거려 일부러 그를 피해 수면을 취하기도 했다.

그런 라이세뮤리안이지만 충분히 강하다.

마법 화후는 자신보다 조금 밑이지만 소드 마스터인데다 전투에 특화된 듯 아주 잘 싸운다.

따라서 라이세뮤리안이 있다면 현수를 징치할 수 없다. 따 라다니며 확인해 보니 서로를 친구라 부르고 있기 때문이다.

그렇기에 곁에 머물던 카트린느를 납치했다.

현수와 라이세뮤리안은 8서클이고 제니스는 9서클인지라 눈치채지 못한 것이다.

"다시 묻는다! 드래곤 제니스는 방귀쟁이라는 노래를 네가 만들었느냐?"

"그렇소. 그게 무슨 문제가 되오?"

"되오? 인간 주제에 말끝이 짧구나."

"그건 그렇고, 하나만 묻겠소. 혹시 내 곁에 있던 여인을 납치했소?"

"여전히 말끝이 짧은 건방진 인간이군."

"내 말에 대답해 주시오. 카트린느를 데리고 왔소?"

"그렇다면 어떻고 아니라면 어떤가?"

"데리고 있다면 주시오. 아무 죄도 없는 여인이오."

"호오! 네놈의 연인이라도 되나?"

"그건 아니오. 아무튼 돌려주시오."

"그건 네놈이 지은 죄에 대한 징계를 받은 후에 생각해 보지. 헬 파이어!"

화르르르르ㅡ!

"으읏! 블링크! 블링크! 배리어! 배리어! 앱솔루트 배리어!"

느닷없는 마법 공격이 시작되었다.

강렬한 화기를 느낀 현수는 급히 신형을 빼며 방어 마법을 구현시켰다.

"호오! 내 공격을 피해? 스톰 오브 아이스 크리스탈!"

이번엔 단단하면서 끝이 뾰족한 얼음덩이들이 쇄도한다.

"앱솔루트 배리어! 야아아압!"

방어 마법을 구현시킴과 동시에 방패로 몸을 보호하면서

검으론 쇄도하는 얼음덩이들을 쳐 냈다.

"흥! 제법 한다만 어림도 없다. 볼케이노!"

말이 떨어짐과 동시에 바닥이 쩍쩍 갈라지며 시뻘건 용암이 솟구친다.

"플라이! 야아아압!"

현수의 신형이 허공으로 치솟더니 쾌속하게 제니스의 동체로 쏘아져 간다.

"어림도 없다. 썬더 스톰!"

콰르릉! 콰르르릉! 콰콰콰콰쾅!

수없이 많은 번개가 현수를 향해 집중적으로 몰아친다. 하지만 현수는 이에 아랑곳하지 않았다.

벼락이란 회로가 구성되었을 때에만 해를 입힌다.

하늘을 나는 새는 벼락에 맞아도 별탈이 없다. 전기가 흘러갈 곳이 없기 때문이다.

"죽엇!"

쇄에에엑─!

"헉! 블링크!"

제니스의 입에서 급기야 당혹성이 터져 나온다.

현수의 검끝으로부터 무려 10m에 이르는 굵은 검강이 쭉 뿜어져 나왔기 때문이다.

드래곤의 비늘은 매우 단단하다. 게다가 여러 겹으로 되어 있어 웬만한 충격은 흡수해 버린다. 하여 웬만한 병장기로는 흠집조차 내지 못한다.

하지만 검강은 다르다. 현수의 검강은 그랜드 마스터의 그것과 비견될 만큼 길다.

제니스는 드래곤 슬레이어가 될 수 있는 그랜드마스터를 만났다고 생각했다. 하여 황급히 몸을 피한 것이다.

그 순간 현수의 입에서 용언 마법이 튀어나온다.

"헬 파이어!"

화르르르! 화르르르르르르르르르—!

"헉! 블링크, 배리어, 배리어, 앱솔루트 배리어!"

자신이 아까 만들어냈던 헬 파이어와는 차원이 다르다.

블링크로 또다시 몸을 피했건만 여전히 엄청나 화기가 뿜어져 나온다. 아예 광장 전체를 화염지옥으로 만들려는지 계속해서 범위가 넓어지고 있다.

하여 황급히 보호 마법을 거듭 시전했다.

"이야아압!"

간신히 한숨을 돌리려는데 길이 10m짜리 굵은 검강이 또 쇄도한다. 한눈에 보기에도 심상치 않은 위력을 담은 듯 보인다.

"블링크! 블링크! 앱솔루트 배리어! 앱솔루트 배리어!"

신형을 옮기자마자 방어 마법을 구현시킨다.

"프로미넌스 매직 미슬 볼(Prominence Magic Missile Ball)!"

화르륵! 쐐에에엑!

태양의 채층(彩層) 전면, 코로나 속으로 높이 소용돌이쳐 일어나는 붉은 불꽃 모양이 구체를 이루는가 싶더니 제니스의 동체를 향해 쏜살처럼 쏘아져 간다.

"으읏! 이건 뭐야? 블링크! 블링크!"

두 번이나 공간 이동했지만 프로미넌스 볼은 그때마다 제니스를 향해 쾌속하게 방향을 바꾼다.

8서클 프로미넌스 볼과 3서클 매직 미슬을 결합한 신종 마법이 마법의 조종이라는 골드 드래곤을 당황시킨 것이다.

"으으읏! 블링크! 앱솔루트 배리어! 배리어! 배리어!"

콰아앙! 쾅! 쾅―!

"으으으! 내 이놈을! 파이어 퍼니시먼트(Fire Punishment)! 라이트닝 퍼니시먼트(Lightning Punishment)!"

쐐에에엑! 화르르르르!

번쩍번쩍! 콰콰콰콰콰쾅쾅―!

궁극 마법 파이어 퍼니시먼트가 시전되자 광장 가득 시뻘건 불꽃이 날름거린다. 어찌나 뜨거운지 동굴의 벽면이 녹아내릴 지경이다. 뿐만이 아니다.

라이트닝 퍼니시먼트가 구현되자 이번엔 눈을 뜰 수 없을 정도로 강렬한 빛과 더불어 번개가 작렬하고, 그와 동시에 고막을 찢어발기는 듯한 굉음이 울려 퍼진다.

거대한 동굴이 지진을 만난 듯 흔들릴 정도이다.

한편 현수는 위기감을 느낌과 동시에 앱솔루트 배리어를 구현시켰다. 동시에 두 겹의 앱솔루트 배리어가 더 생성된다.

그렇다 하며 방어만 취한 것은 아니다. 어차피 적의 공격은 광장 전체를 아우른다. 그렇다면 피할 곳이 없다.

앱솔루트 배리어를 믿고 전력을 다한 공격을 시도하기로 마음먹었다.

"헬 파이어! 야아아압!"

10서클 마법의 위력을 내는 헬 파이어를 시전하고는 곧장 검강을 일으켜 놈이 있는 곳을 휘저었다.

쐐에에에엑!

"으웃! 이놈이 감히! 블링크! 블링크! 앱솔루트 배리어!"

콰쾅! 콰콰콰쾅—!

"크으으윽!"

난무하던 불꽃이 사라지고 작렬하던 번개마저 자취를 감춘 광장은 한마디로 엉망이다. 사방 벽은 시커멓게 그을려 있고, 편평하던 바닥은 푹푹 파여 있다.

그런 가운데 둘이 마주 보고 서 있다.

현수의 신색은 멀쩡하다. 9서클 마스터 멀린이 만들어준 앱솔루트 배리어와 켈레모라니의 비늘이 조성한 앱솔루트 배리어는 글자 그대로 앱솔루트하기 때문이다.

반면 제니스의 동체엔 곳곳에 얼룩이 져 있다. 헬 파이어의 범위를 단숨에 벗어나지 못한 때문이다. 폴리모프를 한 상태가 아니기에 동작이 다소 둔했던 것이다.

뿐만 아니라 상처를 입은 듯 피를 흘린다. 검강이 할퀴고 간 흔적이다.

"으으으! 그놈, 그놈만 있었어도……. 개 같은 자식!"

제니스는 평생에 딱 하나의 가디언만 두었다. 오래전 유희를 나갔을 때 도망간 녀석이다.

녀석의 이름은 아무리안 델로 폰 타지로칸!

네크로맨서 계열의 9서클 마법사가 죽음에 저항하기 위해 스스로 리치가 되길 원했던 놈이다.

녀석에게 레어를 맡기고 유희를 나갔다.

많은 가디언을 두지 않은 이유는 녀석이 수많은 언데드를 거느리고 있었기 때문이다. 그런데 돌아와 보니 사라지고 없다. 종속 마법을 걸었음에도 도주한 것이다.

녀석만 있었다면 현수와의 대결에서 이처럼 창피한 결과를 만나지는 않았을 것이다.

하기에 침음을 내면서도 욕을 하는 것이다.

이런 상황을 모르는 현수는 승기를 잡았다 판단하고는 일부터 여유있는 척했다.

"어때? 더 할까? 난 그대에게 원하는 것이 딱 하나야. 카트린느를 돌려달라는 것! 돌려줄 건가?"

"흥! 어림도 없는 수작! 차잇! 파이어 퍼니시먼트!"

화르르르─!

또다시 드잡이가 시작되었다. 현수는 녀석의 패턴을 읽었기에 조금 전보다는 여유있게 상대하고 있다.

이 여유 덕에 그간 한 번도 시전해 보지 못한 갖가지 마법들을 골고루 선보였다.

'이놈은 대체 뭐야? 분명 드래곤은 아닌데 어떻게 용언 마법을 하지? 그리고 분명 인간의 마법인데 왜 이렇게 룬어 영창 시간이 짧은 거야? 대체 뭐지?'

제니스는 완벽한 수세에 몰려 블링크와 앱솔루트 배리어만 연신 시전했다.

같은 시각, 레어 바깥쪽에서 은밀히 안을 살피는 시선이 있다. 현수의 뒤를 따라온 라세안이다.

'무서운 놈. 제니스는 9서클인데 저렇듯 몰아붙이다니. 지금은 뭐야? 제니스를 상대로 마법과 검법 수련을 해? 헐!'

드래곤과의 목숨 건 대결에서 인간이 승기를 점하는 것도 놀라운 일인데 아예 여유만만하게 봐주기까지 하고 있다.

실제로 제니스의 목은 몇 번이나 베어질 뻔했다.

길이 10m짜리 검강이라면 능히 그럴 수 있다. 하지만 그때마다 교묘하게 검을 회수했다. 그리곤 새로운 각도에서 새로운 방법으로 제니스를 위기에 몰아넣는다.

아무튼 현수와 제니스의 대결은 다섯 시간이 넘도록 진행되었다. 그러는 동안 현수의 검법과 마법은 더 정교해졌고, 더 섬세해졌으며, 더욱 강렬해졌다.

수세에 몰린 제니스는 간신히 위기를 모면하길 수십 차례가 진행되는 동안 상대가 봐주고 있음을 눈치챘다.

드래곤으로서 어이없는 일이다. 하지만 어쩌겠는가!

상대의 무력이 우위에 있다. 결국 항복하고 말았다.

"그만! 그만! 알았어! 돌려줄게! 돌려주면 되잖아!"

"……!"

허공에 떠 있던 현수는 목을 찔러가던 검을 회수했다. 이젠 아예 마법과 검법을 동시에 시전하는 수준이 된 것이다.

"잠시만 기다려. 데려다 줄 테니."

제니스가 몸을 돌리려는 순간 현수가 만류했다.

"잠깐!"

"왜?"

"맨입엔 안 되지., 이렇게 간단히 데려다 줄 거면서 지금껏 날 힘들게 한 것에 대한 대가는 치러야 하지 않겠어?"

"내가 이렇게 당해서 상처를 입었는데도 그래야 해?"

제니스는 엉망진창이 된 동체를 드러내 보인다.

"그 정도야 컴플리트 힐 한 방이면 해결되는데 뭘 그래?"

"뭐라고? 좋아, 뭘 더 원하는데?"

여기서 따지고 들다간 또다시 대결이 시작될 수 있다.

몇 시간 동안 지긋지긋하게 당했는데 또 그런다는 게 싫은 제니스는 원하는 게 뭐냐는 표정을 지었다.

"내 부탁 한 가지 들어줘."

"부탁? 좋아, 뭔지 말해봐. 들어봐서 내가 해줄 수 있는 거라면 들어줄 수도 있어."

제니스는 레어에 모아둔 보석만은 달라고 하지 않기를 바랐다. 애지중지하는 것이기 때문이다.

"지금 말고 나중에 할게. 조금 더 상황을 두고 봐야 하거든. 아무튼 네게 뭘 달라고 하는 건 아니야. 나쁜 짓을 해달라는 것도 아니고."

"좋아, 그 정도라면. 아무튼 여기서 기다려."

말을 마친 제니스의 신형이 사라진다. 텔레포트 마법을 쓴 것이다. 현수는 폐허 비슷하게 된 거대한 광장을 새삼스런 눈으로 바라보았다.

'여기가 아닌 벌판에서의 대결이었다면 내가 졌을지도 몰라. 덩치는 크고 그에 비해 공간이 협소해서 유리했던 거지.'

냉정한 평가이다.

제니스는 끝까지 브레스를 사용하지 않았다. 그렇다면 굳이 큰 덩치를 유지하고 있을 이유가 없다.

인간, 또는 엘프 등으로 폴리모프하여 대결에 임했다면 승세를 굳히기 어려웠을 것이다. 그렇기에 그리하지 못하도록 그야말로 필사적으로 마법을 난사하고 검을 휘둘렀던 것이다.

'라세안 말대로 자신의 마법을 너무 과신해서 그런 거지.'

현수는 제니스의 패배를 타산지석으로 삼았다. 언제 어디서 누구와 대결을 하든 자만하지 않겠다고 마음먹은 것이다.

대략 5분쯤 기다리자 눈앞에서 마나 유동 현상이 일어난다. 그리곤 카트린느가 나타났다.

"흐흑! 마탑주님! 흐흑!"

얼마나 겁에 질렸었는지 하도 울어 눈이 퉁퉁 부어 있다. 그런데 현수를 보자마자 또 눈물을 흘리며 와락 안겨든다.

"괜찮았어? 어디 다친 덴 없고?"

"흐흑! 네."

울면서도 고개는 끄덕인다.

"이제 가자."

"흐흑! 네, 어서 가요."

"좋아, 내 목을 잡아. 플라이!"

카트린느의 동체를 안아 든 현수는 하늘을 날아 곧장 야영지로 되돌아왔다. 길잡이 머피만 기다리고 있다.

"라세안은……?"

"잠깐 산책하신다며 숲으로 가셨습니다."

"그래? 알았다."

"카느린느는 배고프지? 조금만 기다려."

아공간에서 각종 요리 도구를 꺼내 부엌을 세팅한 현수는 현란한 솜씨로 먹기 좋은 만두를 만들어냈다.

잠시 후, 김이 무럭무럭 나는 찜통 뚜껑을 열어보고는 만족한 듯 웃음을 짓는다.

"이건 뭐예요?"

"만두라는 거다. 자, 앉아. 머피도 게 앉게."

"아이고, 아닙니다요. 저 같은 놈이 어떻게 위대하신 마탑주님과 함께 앉겠습니까? 전 그냥 여기가 편합니다."

"흐음, 그래? 그럼 그렇게 해. 자, 이건 이렇게 먹는 거야."

현수는 아직 뜨거운 만두를 집어 간장에 찍었다. 그리곤 한입 베어 물었다. 그 순간 오묘한 맛과 향이 입안을 감돈다.

"흐음! 그래, 이 맛이야. 자, 어서 먹어."

"네? 아, 네."

카트린느는 처음 보는 음식이지만 용감하게 간장에 찍어 맛을 보았다. 한입 베어 물더니 눈을 크게 뜬다.

물론 너무 맛이 있어서이다. 길잡이 머피도 찍소리 않고 먹는 것에 열중하고 있다.

그렇게 일인당 서너 개씩 해치웠을 때 라세안이 나타났다.

"영주님, 저도 주실 거죠?"

"물론이네. 자, 여기."

라세안은 사양하지 않고 앉아 만두를 먹었다. 너무 맛있어 그러는지 혼자서 거의 5인분은 먹었다.

배를 쫄쫄 굶은 카트린느 역시 2인분은 먹었다.

"오늘은 그냥 여기서 쉬자."

"그러시죠."

머피의 말에 각자 텐트로 들어가 세상에서 가장 편안한 자세로 휴식을 취했다. 카트린느를 위한 배려였다.

한편, 라세안은 아까의 대결을 떠올리고는 진저리를 친다. 현수는 무시무시한 9서클 궁극 마법을 앱솔루트 배리어로 모조리 막아냈다. 그리곤 그에 못지않은 엄청난 위력을 지닌 마법과 검법으로 제니스를 몰았다.

그게 만일 본인이었다면 하는 생각을 하는 순간 전신에 소름이 돋는다. 승리를 자신하기는커녕 브레스를 쓰고도 당할 것이란 생각이 든 때문이다.

'역시 전임 로드의 말씀이 옳아. 10서클 마법사에겐 함부로 대들면 안 돼.'

라세안은 고개를 설레설레 흔들었다.

저녁에도 열화와 같은 청에 따라 만두로 배를 채웠다. 식사

후, 현수는 텔레포트를 시전했다.

라세안에겐 잠시 다녀올 곳이 있다 하였다. 또 케이트를 접수하러 가는 것으로 오해를 한다. 그러면서 오늘 카트린느가 대단한 감동을 느꼈을 것이라 말한다. 자신을 구하기 위해 드래곤과 싸운 것으로 알고 있기 때문이다.

이런 날은 슬쩍 건드리기만 해도 넘어온다면서 멀리 갈 것 없다고 한다. 그러면서 원한다면 자리를 피해주겠다고 선심을 쓴다. 현수에게 잘 보이고 싶었던 것이다.

그래도 가야 한다고 말했다. 그리곤 곧바로 텔레포트했다.

*　　　*　　　*

"누구냐?"

"하인스 멀린이다."

"아! 마법사님, 어서 오십시오."

알베제 마을 외곽에 쳐진 목책의 문이 열리는 순간 어디선가 송아지만 한 것이 맹렬히 다가온다.

크와와앙—!

"어어! 아이쿠, 이놈아!"

어느새 어미만큼 커진 샤벨타이거이다.

"오셨습니까?"

"그래, 잘 있었나?"

"그럼요. 덕분에 저흰 아주 잘 지냅니다."

"그래, 그래야지. 자, 가세."

"네."

알베제 마을의 치안을 담당하는 엘베른은 지극히 공손한 자세로 현수를 안내했다.

"아이고, 이게 누구십니까? 어서 오십시오, 마법사님!"

마레바 촌장이 반색하며 다가온다.

"그래, 잘 있었는가?"

"하이고, 그러믄입쇼. 저흰 잘 지내고 있습니다."

"쉐리엔은 많이 채취해 두었나?"

"그럼요. 그렇지 않아도 더 쌓아둘 곳이 없어 고심하던 참인데 정말로 잘 오셨습니다요. 자아, 이쪽으로……."

촌장이 안내한 곳은 공간 확장 마법이 걸린 오두막들이다. 주문한 대로 열매와 줄기, 그리고 뿌리가 잘 분류되어 있다.

정성 들여 흙을 닦아냈음이 한눈에 보인다.

"흐음, 좋군. 수고했네."

"아이고, 수고라니요. 당연히 해드려야 할 일인데요."

하인스 킴 마법사가 마을을 방문한 이후 알베제 마을을 그 야말로 눈부신 발전을 하는 중이다.

마을 곳곳에 위치한 우물과 각종 농기구 덕이다.

"일단 이것들을 갈무리하지. 아공간 오픈!"

아공간을 열어 모든 쉐리엔을 담았다.

"이제 새로운 창고를 주겠네. 앞으론 그곳에 모으게. 참, 엘베른."

"네, 마법사님."

"몬스터의 습격은 없었나?"

"샤벨이가 있어 뜸하긴 하지만 아주 없었던 것은 아닙니다. 며칠 전엔 오우거 한 마리가 왔었습죠."

"그래? 그나저나 쉐리엔은 주로 어디에서 채취하나?"

"그야 마을 외곽 전부지요. 지천으로 널려 있거든요."

듣던 중 반가운 소리이다.

"흐음, 알겠네. 내 잠시 마을을 살펴보겠네. 플라이!"

"어어! 어어어!"

"헐! 역시 대단한 마법사님이셔!"

하늘로 홀홀 떨고 올라가는 현수는 본 마레바 촌장과 엘베른은 존경과 감탄의 빛을 띤 시선이다.

잠시 후, 지상으로 내려온 현수는 둘을 데리고 마을 외곽으로 나갔다. 그리곤 아공간에 담긴 컨테이너를 꺼냈다.

꺼낸 것들은 40피트 규격이다.

가로 11.9m, 세로 2.3m, 높이 2.57m짜리이다.

이것들을 4층으로 쌓았다. 몬스터들이 오기 쉬운 곳만 골라 에워싸듯 놓고 보니 상당히 많다.

세어보니 372개이다.

한 컨테이너당 약 20톤의 쉐리엔을 담을 수 있으니 가득 채우다면 7,440톤이란 어마어마한 물량이 된다.

각각의 컨테이너엔 보존 마법진이 부착되었다. 이제 웬만한 세월 정도는 시들지 않고 거뜬히 버텨낼 것이다.

"이 정도면 웬만한 몬스터들은 넘지 못하겠지?"

"아이고, 그럼요. 번번이 저희를 위해 신경 써주셔서 정말 고맙습니다."

어느새 모여든 주민 모두 깊숙이 허리를 숙인다. 마음에서 우러나는 진심이 담겨 있기에 기분이 좋았다.

마을로 되돌아온 현수는 고장 난 펌프의 부품을 교체해 주었다. 아직 익숙지 않아 무리하게 힘을 준 탓에 손잡이가 여러 개 부러져 있었다.

기분 난 김에 이곳에서도 거나한 만두 파티가 열렸다. 생전 처음 보는 음식 맛에 모두 환장한다.

"앞으로도 쉐리엔을 많이 모아주게."

"아이고, 물론입니다. 힘닿는 대로 모아놓겠습니다. 언제든 또 오십시오."

"안녕히 가십시오, 마법사님! 그리고 또 오세요!"

꼬맹이들이 일제히 합창을 한다.

"하하! 그래, 잘들 있거라."

녀석들의 손에는 큼지막한 사탕이 들려 있다. 각종 과일 맛 사탕을 한 움큼씩 안겨준 것이다.

마을 사람들의 눈이 미치지 못하는 곳에 당도한 현수는 의복을 갈아입었다.

이곳에 와서 아무리안 델로 폰 타지로칸이라는 네크로맨서 계열 리치와 혈투를 벌였다.

다음 날엔 골드 드래곤 제니스와의 대결이 있었다.

그래서 그런지 오래 머문 기분이 든 것이다.

"후후, 이제 지구로 가볼까? 마나여, 나를 지구로 데려다 줘. 트랜스퍼 디멘션!"

샤르르르르룽!

또 한 번의 차원 이동이 실시되었다.

CHAPTER 12
니들이 감히 나를 막아?

"흐으음! 아침인데도 덥군."

적도 인근이라 킨샤사는 늘 덥다. 이곳에 계속 머물고 있었다면 그러려니 하겠지만 조금 전까진 공기 신선한 아르센 대륙에 머물고 있었다. 그래서 그런지 더 더운 것 같다.

하늘을 보니 아직 새벽인 듯하다.

현수는 천천히 걸으며 저택을 한 바퀴 돌아보았다. 부지도 넓고 집도 잘 지어져 있다. 잘 정리되어 있기는 하지만 주변이 다소 휑하다는 느낌이다.

"이제 식구들이 늘어날 테니 건물을 조금 더 지어야겠구나."

이전엔 혼자였지만 이젠 연희와 이리냐, 그리고 두 분 장모가 계시다. 따라서 경호원의 숫자도 늘어야 한다. 보호해야 할 인원이 늘었기 때문이다.

각자의 스케줄이 다르므로 외출에 필요한 자동차도 더 구입해야 하고, 하녀들도 늘려야 한다.

생각만 해도 골치가 아프다.

"끄응! 몇 명을 어떻게 뽑지? 신문에 광고해야 하나? 근데 광고한다고 올까?"

현수는 고개를 갸웃거렸다. 드나든 지 오래되었지만 아직도 콩고민주공화국의 풍습을 완전히 아는 것은 아니기 때문이다.

"차라리 집사를 고용해야겠군. 그래, 그러면 돼. 후후!"

모스크바의 안톤을 떠올린 현수는 고개를 끄덕였다.

집안일을 도맡아줄 사람이 있다면 이렇게 하나하나 생각해 보지 않아도 된다.

흡족한 생각에 미소를 짓고는 저택으로 향했다. 현관 옆 초소엔 기관단총을 든 경호원이 서 있다.

현수를 보자 경례를 붙인다.

"충─! 보스, 산책하셨습니까?"

"그래, 어젯밤엔 잘 쉬었나?"

"물론입니다. 아주 편안했습니다."

"그래? 다행이군. 근데 잠자리나 식사에는 불편한 점 없나?"

"네, 없습니다."

"좋아, 뭐든 부족하거나 필요한 것이 있으면 서슴지 말고 말하게. 자네들은 내 식구니까. 알겠나?"

"네, 알겠습니다, 보스!"

현관을 통해 안으로 들어가는 현수의 뒷모습을 보며 경호원은 허리를 반으로 접는다.

그런 그의 눈에는 깊은 감사의 뜻이 담겨 있다. 현수가 자신들도 모르게 베풀어준 것에 대한 감동을 받은 때문이다.

'보스! 충성을 다해 모시겠습니다!'

"자기야! 언제 일어나서 나갔다 왔어요?"

이리냐가 얇은 잠옷 차림으로 다가온다. 언제 보아도 여신 포스가 난다. 현수는 싱긋 웃으며 살짝 포옹해 주었다.

"응, 조금 전에. 그러는 이리냐는 왜 이렇게 일찍 일어났어?"

"자기야랑 이러고 싶어서. 헤에."

현수의 품에 안겨 혀를 내민다. 조금 부끄러운 마음이 든 때문이다.

"그랬어? 배는 안 고파?"

"아직은 안 고파요. 자기 커피 만들어줄까요?"

"그러면 고맙지. 참, 내려갈 땐 그렇게 입고 내려가면 안 되는 거 알지?"

"넹."

이리랴는 코맹맹이 소리를 하고는 제 방으로 쏙 들어간다. 잠옷 위에 걸칠 가운을 가지러 가는 것이다.

'흠, 우리 집인데 우리가 불편하군. 조금 개선되어야겠어.'

보통의 가정에선 편한 복장으로 집안을 돌아다닌다. 팬티 만 입고 돌아다니기도 한다. 그런데 여긴 경호원들이 있어 이 리랴와 연희가 편한 차림을 할 수가 없다.

'집사는 여자로 뽑고 경호원들은 옥외 경호를 하게 해야겠 군. 사생활은 보호되어야 하니까. 흐음, 이건 가가바와 상의 해 볼 일이야.'

방으로 들어간 현수는 노트북을 부팅시키곤 인터넷으로 뉴스를 검색했다. 극악하다 할 정도로 느린 회선 때문에 클릭 해 놓고 한참을 기다려야 했다.

몹시 불편했지만 어쩌겠는가!

이건 마법으로도 해결이 불가능한 일이다.

"쩝! 어떻게 좀 빠르게 하는 방법이 없을까?"

화면이 바뀌더니 뉴스 목록이 뜬다. 유독 눈에 뜨이는 문자들이 있다.

홍진표 교수, 아니, 국회의원 홍진표가 국회 상임위원회 소위원회에서 국방부 관계자들을 심하게 질타했다는 내용이다.

클릭해 놓고 한참을 기다린 끝에 내용을 알 수 있었다.

지난 2012년 여름, 훈련소에 있는 신병 7,400여 명이 운동화를 지급받지 못하는 일이 있었다. 하여 훈련이 없는 일요일에도 두꺼운 군화를 신고 생활한다는 보도가 있었다.

이에 국방부는 운동화 구입 단가가 예산보다 5,300원이 비싸 일부 치수의 재고량이 부족하다고 해명했다.

그런데 훈련병들이 신는 운동화의 값은 16,000원으로 전원에게 지급해도 1억 원 정도면 해결된다.

같은 기간, 국방부는 육군사관학교 생도들에게 켤레당 64,000원짜리 외국 브랜드 운동화를 지급했다.

예산이 부족하다면서 벌어진 일이다.

다 같은 국민의 자식인데 가격 차이가 너무 심한 처사였기에 여론의 질타를 받았다.

이런 일은 재발되지 않아야 한다. 그런데 최근에 또 유사한 일이 벌어졌다. 훈련병들에게 또다시 운동화 지급이 이루어지지 않은 것이다.

방송에서는 전년도의 사례가 있어 사관학교를 찾았고, 여전히 고가의 외국 브랜드 운동화가 지급되고 있음을 확인했다.

아무것도 고쳐진 것이 없는 것이다.

홍진표 의원이 이를 강하게 질타하고 나선 것이다.

뿐만이 아니다. 국방부에선 면, 폴리에스터 혼방 기능성 소재로 만들어진 신형 디지털 전투복을 도입하였다.

장병들에게 이에 대한 의견을 물었더니 여름엔 땀 배출과 통풍이 안 돼 너무 덥고 겨울엔 춥다고 한다.

많은 돈을 들여 새로 도입한 신형 전투복이 이렇다는 것은 군납 비리가 개입된 것 아니냐며 따지고 들었다.

그러자 신형 전투복은 이전에 비해 위장 효과가 뛰어나고 착용감과 활동성이 개선되었다고 떠벌였다.

홍 의원은 누구나 인정할 만한 객관적인 자료를 내놓으라고 하였다. 그런데 아무것도 내놓고 있지 못한다고 한다.

'흐음, 홍 교수님을 만나봐야겠군.'

최세창 대령의 농간 때문에 군납이 이루어지지 않고 있다. 뇌물 써가며 납품하고 싶은 마음이 눈곱만큼도 없기 때문이다.

현수는 귀국하는 대로 홍진표 의원과의 자리를 가져야겠다고 메모해 놓았다.

또 다른 뉴스를 검색하던 중 눈에 번쩍 뜨이는 것이 있다.

케냐, 소말리아, 우간다, 에티오피아, 지부티, 에리트리아 등 동부 아프리카 여러 나라에 콜레라와 홍역이 창궐했다는 내용이다.

"흐음, 대한약품에 백신이 충분히 있을까? 많이 만들어놓으라고 이야긴 했는데. 참, 주사기도 많이 필요하겠군. 전에 주사길 구입한 데가 성심의료기였지? 전화번호가… 그래, 여기 있군. 귀국하면 이것도 알아봐야겠네."

현수는 꼼꼼하게 내용을 메모해 두었다. 워낙 벌려놓은 일이 많아 깜박 잊을 것을 우려한 때문이다.

'흐음, 기근으로 인한 전염병 창궐이라면 면역력이 약해져서 그런 것인데… 흐음, 면역력이라… 면역력……. 이걸 끌어올리려면 충분한 영양과 청결한 환경이 우선인데 쉽지 않겠군.'

보도 자료를 보니 어느 곳엔 식수가 없어 땅에 고인 흙탕물을 마신다고 되어 있다.

"쯧쯧! 같은 인간인데… 어디선 음식물 쓰레기가 넘쳐나고 어디선 먹을 게 없어 굶으니… 에구, 속상한다."

현수는 얼른 노트북을 껐다. 피골이 상접한 아이들 사진이 눈에 어른거려서이다.

"자기야, 커피 만들어왔어요. 어디서 드실래요?"

"응, 저기. 창가 소파에 앉자."

"호호! 네."

이리냐의 뒤를 따르던 현수는 고개를 끄덕이지 않을 수 없었다. 얇은 잠옷 속으로 보이는 몸매가 환상적이었기 때문이다.

현수가 먼저 자리에 앉자 커피 잔을 내려놓은 이리냐가 찰싹 달라붙는다. 은은한 샴푸 냄새가 나고 살결도 촉촉하다.

커피 내리는 동안 샤워를 한 모양이다.

후르릅! 흐으으음!

천천히 잔을 들어 한 모금 들이켰다. 갓 내린 에스프레소의 진한 향이 느껴진다.

"좋은데?"

"어머, 정말요? 호호, 어제 언니한테 배운 보람이 있네요."

이리냐가 환히 웃으며 좋아한다. 사랑하는 이로부터 칭찬을 받은 때문이다. 그런데 이 기분을 깨는 소리가 들린다.

"그래, 그런데 이 언니 건 없는 거야?"

"어머! 연희 언니 왔어요?"

"어! 깼어? 이리 와."

현수의 손짓에 연희는 두말 않고 오른쪽에 앉는다. 현수는 팔을 벌려 두 미녀를 안으며 환히 웃었다.

"아침부터 이런 미녀들을 끼고 있으니 난 행복한 놈이지?"

"치, 그걸 이제 아셨어요?"

연희가 하얗게 눈을 흘긴다. 이리냐는 마냥 좋다는 듯 웃고 있다.

"오늘은 뭐할 거야?"

"자기야가 준 숙제 해야지요."

"내가 준 숙제?"

"네, 크리스마스에 있을 우리 결혼식 준비를 해야지요. 자기야는 걱정 마요. 언니하고 잘 준비할 테니."

"그래? 그럼 기대해도 되는 거야?"

"네, 걱정 말아요. 내가 알아서 잘 할게요. 내 실력 알죠?"

연희의 말에 현수는 고개를 끄덕였다. 얼굴만큼이나 야무진 일솜씨로 유명하기 때문이다.

"어머니들께도 잘해 드려. 비용 아끼지 말고. 알았지?"

"네."

이곳 시간으로 어제 현수는 통장 하나를 연희에게 건넸다. 천지약품에서 발생되는 수익금이 들어오는 통장이다.

필요한 만큼 알아서 꺼내 쓰라고 했다.

샘내는 이리냐에겐 곧 지르코프 상사와 거래가 이루어지

는데 거기서 발생되는 수익금이 담긴 통장을 맡기겠다고 했다.

시무룩하던 표정이 금방 밝아진다.

액수가 중요한 게 아니라 자신을 연희와 동등하게 대해주는 것이 좋은 것이다.

나중의 일이지만 이리냐는 지르코프 상사와의 거래에서 발생되는 수익금이 들어온 통장을 받고 기절한다.

물론 안에 담긴 액수가 너무나 어마어마해서이다.

*   *   *

"아이고, 어서 오십시오."

"하하, 네. 별일 없죠?"

"별일이야 많죠."

현수가 자리에 앉는 사이에 민윤서 사장의 말이 이어진다.

"이실리프 무역상사 이은정 실장님이 매일 약품 생산량 체크를 합니다. 조금이라도 양이 줄면 아주 야단을 쳐요."

"후후! 후후후!"

뜬금없이 김상용 시인의 '남쪽으로 창을 내겠소' 라는 시가 떠오른다.

남으로 창을 내겠소,
밭이 한참 갈이
호미론 메고
괭이론 파지요.
강냉이가 익걸랑
함께 와 자서도 좋소.
왜 사냐건
웃지요.

민 사장이 하는 말을 들으니 그냥 웃음이 나온다. 불평이
아니고 즐거워서 하는 소리라는 걸 알기 때문이다.

'뭐라시건 나는 하냥 웃지요.'

웃음 띤 현수의 얼굴을 보고는 같이 웃는다.

"근데 점심 식사를 했어요?"

"아직요. 민 사장님이 사주시는 맛난 걸 먹고 싶어서 일부
러 굶고 왔습니다."

"잘했네요. 그럼 같이 가서 먹읍시다. 참, 김지우 실장도
같이 갈까요?"

"그럼 우리끼리만 가려고 했습니까? 그러지 말고 전 직원
이 다 갑시다. 우리만 맛난 것 먹으면 안 되잖아요?"

"하하! 그래요, 그럼."

민 사장은 호탕하게 웃는다. 그리곤 밖으로 나간다.

"아아! 대표이사 민윤섭입니다. 직원 여러분, 오늘 점심은 제가 쏩니다. 당장 하던 일 멈추고 모두 밖으로 나오십시오."

"와아아아!"

사내 방송이 마쳐지자 여기저기서 환성이 터져 나온다.

대한약품은 그동안 과도한 업무에 시달렸다.

매출이 얼마 안 되던 지난날엔 널널했던 시간이 완전히 사라졌다. 하루 종일 서류에 매달려 씨름하고, 틈나는 대로 생산 공장으로 달려가 이것저것 확인해야 했다.

월급이 제 날짜에 또박또박 나오는 건 좋지만 쉴 시간이 없다. 점심 먹는 시간마저 아끼기 위해 도시락을 싸왔다.

당연히 회식은 없다. 퇴근할 무렵이면 거의 모두 파김치가 되었기 때문이다. 그런데 오늘 사장이 점심을 쏜다니 이처럼 소리를 지르는 것이다.

대한약품 직원들은 출근 버스를 타고 대형 갈비집으로 향했다. 그리곤 허리띠 풀어 놓고 마음껏 즐겼다.

비용은 당연히 회사에서 지불했다.

한바탕 잔치를 마치고 돌아와 커피 잔을 사이에 두고 앉았다.

"저건 뭡니까?"

민 사장 책상 위에 잔뜩 쌓여 있는 서류철을 보고 한 말이다.

"내수 판매와 관련된 겁니다."

"내수 판매보다 수출하는 게 더 많지요?"

"당연합니다. 내수용은 새 발의 피도 안 됩니다. 하지만 내수도 적은 양은 아닙니다."

"그래요?"

"요즘 내수 판매량이 조금씩 늘고 있습니다. 그래서 그 이익금으로 직원들 급여를 충당하고 있습니다."

이 말은 수출용으로 나가는 것에서 발생되는 이익금은 거의 전액 남는다는 뜻이다.

"잘된다니 기분 좋군요. 다 탁월한 경영 덕분입니다."

"에구, 그렇게 말씀하시니 참으로 송구합니다. 실은 러시아발 기사 때문에 내수용이 늘어난 겁니다."

"네? 그게 무슨 소리입니까?"

"이실리프 무역상사를 통해 드모비치 상사로 간 저희 약품이 러시아에서 호평을 받은 모양입니다. 그게 뉴스가 되어 국내로 흘러들었고, 그 결과 내수 판매가 늘어난 것 같습니다."

"아, 그래요? 기쁜 일이군요."

현수가 웃자 민 사장이 서류철 하나를 뽑아 든다.

"그나저나 원료 수급 때문에 문제입니다."

"……?"

"쉐리엔 말입니다. 이제 원료가 거의 다 떨어져 갑니다."

"아! 그거라면 걱정 마십시오. 오늘 오후, 아니면 내일쯤 당도할 겁니다."

"다행입니다. 며칠 후엔 원료가 없어서 못 만들 뻔했습니다."

민 사장은 한시름 놓았다는 표정이다.

"그나저나 신약 허가는 떨어졌습니까?"

"아닙니다. 그게… 문제가 좀 있습니다."

환했던 얼굴에 그늘이 진다.

"왜죠?"

"기존 의약업계에서 반발이 심합니다. 그 압력이 식약청까지 가서 미라힐 I 과 미라힐 II, 그리고 NOPA와 홍익인간 모두 발매에 어려움을 겪고 있습니다."

"……?"

"우리 것의 약효가 너무나 뛰어난 결과입니다."

말 한마디면 나머지를 짐작할 수 있다.

한국의 기존 의약품 업계는 대한약품이 새롭게 선보이는 미라힐과 홍익인간 등에 대해 강력하게 견제하는 중이다.

민 사장의 말대로 효능이 뛰어나 기존 의약업계를 죽이는 길이라 생각하기 때문이다.

미라힐의 경우는 모든 상처 치유에 관련된 약품들을 고사시킬 수 있다. NOPA와 홍익인간은 진통제류 시장을 평정한다.

이런 상황이니 돈을 써가며 신약 허가가 떨어지는 것을 막고 있는 것이다. 토종 제약 기업도 있지만 그보다는 다국적 제약사들의 입김이 훨씬 강하다.

"식약청에선 뭐라 합니까?"

"네, 식약청 담당자는……."

민 사장의 설명이 이어졌다.

신약엔 두 가지 종류가 있다. 기존에 없던 완전한 신약과 현재 있는 성분을 개량하여 만든 개량 신약이다.

신약의 개발 과정은 다음과 같다.

1) 기초 탐색 과정
2) 전 임상 시험 과정
3) 임상 1상 시험
4) 임상 2상 시험
5) 임상 3상 시험
6) 임상 4상 시험

보통 신약 개발에 소요되는 시간은 10년 정도이고, 비용은 4,000~5,000억 원 정도 소요된다. 물질 특허 기간이 20년 정도이니 개발 후 10년 정도 독점적으로 판매할 수 있다.

따라서 신약의 가격은 상대적으로 고가이다.

민 사장의 말을 들어보니 식약청에서는 임상 시험에 관한 자료를 추가로 요구했다. 항목을 살펴보니 모두 상당한 시간을 요하는 내용들이라 한다.

적어도 몇 년간은 발목을 붙잡겠다는 뜻으로 받아들였다.

"흐음, 그렇다면 오히려 잘되었을지도 모릅니다."

"네?"

"광동제약의 비타500을 아시죠?"

"물론입니다. 월 3천만 4천만 병씩 판매되는 명실상부한 대한민국 대표 건강 음료지요."

"그건 의약품이 아니지요?"

"그렇습니다."

"그렇다면 우리도 방향을 바꿔보죠. 미라힐의 효능이 너무 뛰어나 기존 효능의 20~30% 정도로 줄인 것조차 견제를 받고 있습니다. 그렇죠?"

"그렇습니다."

민 사장의 고개가 끄덕여진다.

"미라힐을 더욱 희석하여 농도를 3~5%가 되게 하면 효능이 어떨 것 같습니까?"

현수의 시선을 받은 김지우 박사가 안경을 매만진다. 뭔가를 생각할 때의 습관인 듯싶다.

"당장의 효능은 떨어지지만 비타 500처럼 수시로 먹는다면 괜찮을 것 같습니다."

의도했던 대답을 들은 현수가 시선을 민 사장에게 돌렸다.

"의약품과 건강 음료는 허가 과정 자체가 다르죠?"

"그럼요. 근데 건강 음료라고 하는 제품은 건강 기능 식품이냐 혼합 음료냐에 따라 허가 내지는 신고 방법이 다릅니다."

"그래요? 뭐가 다르지요?"

"네, 건강 기능 식품으로 허가받으려면 실제로 효과가 있는지를 입증해야 합니다. 그리고 반드시 식약청에 허가를 받아야 합니다. 반면 혼합 음료의 경우는 일선 지방자치단체에 신고만 하면 됩니다."

"흐음, 많이 다르군요."

"네, 혼합 음료의 경우는 품목 제조 보고서와 유통 기한 설정 사유서를 작성해서 제품 생산 7일 전부터 생산 후 7일 이내 신고해야 합니다. 지자체 위생 담당자에게 하면 되죠."

회복 포션의 어떤 자연 물질들을 혼합한 것일지도 모른다는 생각을 해서 이런 설명을 한 것이다.

"그래도 의약품보다는 건강 기능 식품으로 허가받는 게 쉽죠?"

"물론입니다. 미라힐의 경우는 이미 충분한 임상 결과가 있으니 희석하여 건강 기능 식품으로 바꿔 발매할 수 있을 겁니다."

"좋아요. 그럼 그렇게 하죠. 김지우 박사님은 미라힐의 적정한 희석 농도를 찾아주세요. 아! 그렇다고 미라힐의 발매를 포기하는 건 아닙니다. 식약청에서 요구하는 대로 임상 절차를 밟아주세요. 단, 미라힐의 농도를 더 높이세요."

"네?"

"자신들의 이익을 위해 환자들에게 유용할 약품 발매를 막는 건 부도덕한 행위입니다. 그런 자들은 망해야죠."

"전무님, 그래도 50%는… 그럼 의사들도 굶습니다."

"김지우 실장님, 미라힐 원액 100%는 말기 암도 치료해 낸다는 거 혹시 아십니까?"

"네에?"

김지우 박사와 민윤서 사장 모두 화들짝 놀라는 표정이다.

미라힐 원액이 상처 치유에 탁월한 효능이 있다는 것은 알지만 암까지 치료할 것이라곤 생각지 못한 때문이다.

"뿐만이 아닙니다. 미라힐 원액은 거의 모든 질병을 치료해 냅니다. 다시 말해 원액은 만병통치약에 가깝습니다."

"⋯⋯!"

"믿기 힘드실 겁니다. 그러니 시험해 보십시오. 단, 엄격한 비밀 유지가 요구됩니다."

김지우 박사가 긴장된 표정으로 고개를 끄덕인다.

"새롭게 발매할 미라힐은 항암 치료제로 팝시다. 그렇게 해서 우리도 브랜드 파워라는 것을 가져 봅시다."

힘이 생기면 이런 부당한 압력 때문에 신제품 발매가 늦어지지는 않을 것이다.

"참, 이번 기회에 군용 미라힐도 연구해 주세요. 원액이라면 전투 중 총상 등 부상을 입었을 때 신속하게 상처를 아물게 해줄 수 있을 겁니다."

"네, 알겠습니다."

김지우 박사의 표정이 더욱 굳어진다. 군용이라는 두 글자 때문이다. 미라힐의 탁월한 효능이 알려지면 다른 나라에서 스파이를 파견해서라도 가져가려 할 것이다.

그 과정에서 연구원들이 목숨을 잃을 수도 있다. 첩보 영화를 너무 좋아해서 이런 생각을 하는 것이다.

아무튼 김지우 박사는 앞으로 해야 할 과제들을 꼼꼼하게 메모했다. 그러다 화들짝 놀라는 표정을 짓는다.

메모해 놓은 것 자체가 보안 유지 위반이 될 수 있기 때문이다. 하여 얼른 지웠다. 그러고도 불안하여 잘게 찢는다.

김 박사의 내심을 짐작한 현수는 고개를 끄덕였다. 이 정도면 보안에 상당한 신경을 쓰리라는 믿음이 생긴 것이다.

"민 사장님은 연구실 보안에 돈 좀 팍팍 쓰십시오."

"물론입니다. 그렇지 않아도 그럴 생각입니다."

사촌 처남이 국방과학연구소에 재직 중이다. 그리고 그는 늘 보안을 입에 달고 다니는 사람이다.

『전능의 팔찌』제20권에 계속…

이제부터 전자책은

이젠북

www.ezenbook.co.kr

새로운 세계가 열린다!

신풍기협 神氣劍俠

FANTASTIC ORIENTAL HEROES

윤신현 新무협 판타지 소설

「수라검제」, 「태양전기」의 작가 윤신현
우직한 남자의 향기와 함께 돌아오다!

사부와 함께 떠났던 고향.
기다리는 친구들 곁으로 돌아온 강진혁은
사부의 유언을 지키기 위해 강호로 나선다.
반드시 돌아오겠다는 약속을 남기고.

"믿어라. 난 결코 허언을 하지 않는다."

무인으로 살 것인가, 무림인으로 살 것인가.
고민을 안고 나아가는 강진혁의 강호행!

신의 바람이 불어와 무림에 닿을 때,
천하는 또 하나의 전설을 보게 되리라!

Book Publishing CHUNGEORAM

유행이 아닌 자유추구—
WWW.chungeoram.com

기사도
chivalry
1
기사도
chivalry
요람 판타지 장편 소설
FANTASY FRONTIER SPIRIT
2012년, 『제국의 군인』의 요람,
그의 새로운 이야기가 시작된다!
같은 세계, 또 다른 이야기!
몰락해 가는 체르니 왕국으로 바람이 분다.
전쟁과 약탈에 살아남은 네 남매는 스승을 만나고
인연은 그들을 끌어올려 초인의 길에 세운다.
그렇게 그들은 기사가 되었고
운명을 따라 흉성을 가진 루는 자신의 기사도를 세운다!
명왕기사(明王騎士) 루.
그가 세우는 기사도의 길에 악이란 없다!
Book Publishing CHUNGEORAM
유행이 아닌 자유추구 -
www.chungeoram.com

FUSION FANTASTIC STORY
STEEL ROAD
이영균 퓨전 판타지 소설
스틸로드
2012년 겨울!! 대륙의 핍박받던 이들을 향한
구원과 희망의 울림이 메아리친다!
「스틸로드」
사랑하는 아내와의 꿈과 같은 크루즈여행의 마지막 밤.
배는 난파를 당하고, 이계로 떨어진 준혁!
사락해적의 손길에서 살아남은 준혁은 아내를 찾기 위해
미지의 땅에서 영웅이 된다!
뜨거운 사막의 열기처럼! 악마의 달의 위엄처럼!
강철같은 심장을 가진 그의 행보가 시작된다!
신화를 쓰는 남자의 길을 주목하라!
Book Publishing CHUNGEORAM
유행이 아닌 자유추구 -
www.chungeoram.com

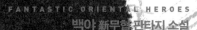

拳王降臨
권왕강림

FUSION FANTASTIC STORY

무명서생 장편 소설

강렬함을 원하는가?
원한다면 읽어라!

『권왕강림』

주먹으로 마왕을 때려잡던 이계의 피스트 마스터, 카룬!
나약한 왕따와 영혼이 교체되어 현대에 다시 태어나다!

"앞을 가로막는 자는 때려눕힌다!"

맨손으로 불평등한 세상을 평정할
위대한 권왕의 이름을 기억하라!

권왕 상두 강! 림!

Book Publishing CHUNGEORAM

- 아닌 자유추구 -
WWW.chungeoram.com